学生国学丛书新编

主编 王 宁
顾问 顾德希

方姚文

庄 适　选注
赵 震
李润生 校订

商务印书馆
The Commercial Press

学生国学丛书新编

主　　编：王　宁
顾　　问：顾德希
特约编辑：诸雨辰
审 稿 组：党怀兴　董婧宸　凌丽君
　　　　　　赵学清　周淑萍　周玉秀

总序之一
——在阅读中走近中华优秀传统文化

王 宁

王云五、朱经农主编的《学生国学丛书》,是一套为中学生和社会普及层面阅读古代典籍所做的文言文选本。它隶属在王云五做总主编的《万有文库》之下,1926年开始陆续由商务印书馆出版。20世纪20年代开始策划时,计划出60种,后来逐渐增补,到1948年据说已经出版了90种;因为没有总目,我们现在搜集到的仅有71种。由于今天弘扬中华优秀传统文化和提高文言文阅读能力的社会需要,我们决定对这套丛书进行适应于现代的加工编辑,将它介绍给今天的读者。

在推介这套丛书的时候,我们保存了原编的主要面貌:选书与选篇基本不变,将原书绪言保留下来,每篇选文原注所选的注点,也作为这次新编的重要参考。这样

总序之一

做是为了尽量借鉴前贤的一些构思和做法，并保留当时文言文阅读水平的基本面貌，作为今天的参考。

《学生国学丛书》是本着商务印书馆"昌明教育，开启民智"的一贯宗旨编选的，阅读群体应当主要是当时的中学生。20年代的中学生阅读文言文的水平显然比今天高一些，因为那时阅读文言文的社会环境与现在不同，虽然白话文已经通行，但书信、公文、教科书和报刊中，都还保留了不少文言文。国文课的师资，很多也是在国学上有一些根柢的文士。在知识界和语文教育界，文言文阅读还不是什么难事。今天，文言文阅读水平既关系到继承和弘扬中华优秀传统文化的效能，又关系到现代社会总体人文素质的提高，应当达到什么程度最为合适？民国时期是可以作为一个基准线的。

《学生国学丛书》体现了20世纪之初一些爱国的出版家和教育家把中华优秀传统文化传承给下一代的情怀、理想和实干精神。他们策划这套丛书的宗旨和编则，可资借鉴的地方很多，他们的实践经验、教育精神和国学学养值得我们学习的地方也很多。这一点，是我们了解了丛书的主编和40多位编选者的情况后感受到的。

丛书的主编王云五、朱经农，都是我国20世纪初爱国、革新的出版家。王云五主编《万有文库》，开创了我国图书出版平民化的新纪元，体现了新文化运动中普及

总序之一

文化教育的先进思想。《学生国学丛书》是《万有文库》里专门为中学生编选的，目的是将弘扬民族文化精华的理念带入初等教育，这在当时不能不说是有远见的。两位主编不论在反对封建帝制的革命中，还是在民族危难的救国图强斗争中，都有可圈可点的事迹，值得钦佩。与两位主编合作的40多位编写者，多是辛亥革命的参与者和新文化运动的前沿人物。他们熟悉古代文典，对中国文化理解通透，领悟深刻，又有强烈的反封建意识；其中很多都在中小学教育领域里有过丰富的实践经验，教过国文，编过教材，研究过教法。这里有我们十分熟悉的教育家和文学家，如我国现代教育特别是语文教育的领军人物叶绍钧（他后来的名字是叶圣陶），新文化运动的先驱者、中国革命文艺的奠基人之一、著名作家茅盾（他当时的名字是沈德鸿，后来为大家熟悉的姓名是沈雁冰）。这两位，多篇作品都被收入中学语文课本，20世纪50年代以后的老师、同学是无人不知的。其他如著作丰厚、名震一时的藏书家胡怀琛，国学根柢深厚、考据功底极深、《中国人名大辞典》《中国古今地名大辞典》的主要编写人臧励龢，我国语文教育的改革家庄适等。

20世纪初的中国社会，多种文化思潮纷纭杂沓：改良主义者提出"师夷制夷""严祛新旧之名，浑融中外之迹"的折中主张；历史虚无主义者在"全盘西化"的徽帜下将西方的一切甚至文化垃圾照单全收；殖民主义文化论者叫嚣中国道德一律低级粗浅，鼓吹欧洲人生活方式总体文明高超；另一方面，封建复辟野心家的代言人则一味复古，用古代的文化糟粕来抵抗新文化的建构。这些，都对比出爱国的出版家、学问家、教育家既要固本又要创新的理想和实践精神的可贵；也让我们认识了新文化运动及革命文学的前沿人物坚守教育阵地的不懈努力，懂得了他们的编纂意图和深厚学养。保留丛书主要面貌，就是对他们成果的尊重和信任。

随着中华优秀传统文化的广泛传播，随着中小学语文教学改革的深入发展，在读书成为教师、家长和渴求文化的大众普遍要求之时，文言文阅读将会是其中一个重要的内容。有人说，文言只是一种古代的书面语，口语交际和现代文本已经不再使用，我们为什么还要学习文言文呢？在推介这套丛书的时候，我们有必要来回答这个问题。

文言是古代知识分子和正统教育使用的书面语言，具有超越时代、超越方言的特性，因而也同时具有了记载数千年中华民族灿烂文化的主要功能，它是与中华民族文明史共存的。许慎《说文解字叙》说汉字的作用是"前人所以垂后，后人所以识古"，这两句话即是对汉字记录的文言说的。我国历史悠久，文化遗产丰富，用文言记录的历史文献，用文言撰写的文学作品，多到不可

总序之一

计数，只有学习它，才能从古知今，以史为鉴。文言所记录的，不仅是古代社会的典章制度和政治经济，还有先贤哲人的人生经验和思想哲理，让我们看到中华民族一代又一代人的智慧。想想看，如果我们及早领会了古人"斧斤以时入山林"的采伐规则，便不会过度开发建材，造成那么多秃山荒岭，把气候搞得这样糟糕。我们读过也理解了"今之孝者是谓能养。至于犬马，皆能有养。不敬，何以别乎"这段话，就会在对待长者时，把他们的尊严看得和他们的生计同等甚至更加重要！"防民之口甚于防川""水能载舟亦能覆舟"，这是对阻塞言路者多么深刻的警醒。在道德重建的今天，中国传统道德中"己所不欲勿施于人"的利他主义，"爱民""富民""民为重"的民本思想，"以不贪为宝"的清廉品德，"志士不忘在沟壑，勇士不忘丧其元"的大义凛然态度，"吾日三省吾身"的自律精神，"君子怀刑"的守法意识，……这些，即使在今天的一般阅读中，也已经深入人心。可以想见，进入深度阅读后，我们一定会受到更多的启迪，在阅读中产生更多的惊喜。著名的国学大师、革命家和思想家章太炎，1905年7月15日在东京留学生欢迎会上演讲时说："近来有一种欧化主义的人，总说中国人比西洋人所差甚远，所以自甘暴弃，说中国必定灭亡，黄种必定剿绝。因为他不晓得中国的长处，见得别无可爱，就把爱国爱种的心,一日衰薄一日。若他晓得,我想就是全无心肝的人,那爱国爱种的心,必定风发泉涌,不可遏抑的。"阅读文言文,就是要使我们具有这种文化自信。是的,遗产是有精华也有糟粕的,古代的未必都适合今天;我们只有真正读懂文典,将历史面貌还原,再有了正确的价值观,才能辨析断识,而不是道听途说,更不会受人蛊惑。在这个意义上,文言文阅读作为吸收中华优秀传统文化的必要途径,绝不是可有可无的。

文言文阅读是产生汉语正确语感的一个重要源泉。汉语不是一潭死水,从古到今,不知吸收了多少其他民族的词汇和句法,也曾经夹杂着很多不雅甚至不洁的成分;但是,文言经过数千年的洗涤、锤炼,已经渐渐将切合者融入,不切合者抛弃。经过大浪淘沙、优胜劣汰而能流传至今的美文巨制,会更加显现汉语的特点。而现代汉语刚刚一个世纪,在根柢不深、修养不佳的人们的口语里、文辞中,常常会受外语特别是英语的影响,受不健康的市井俚语的侵染,产出一种杂糅的语言。我们想在运用现代汉语时真正体现出汉语的特点,比如词汇丰富、句短意深、注重韵律、构造灵活等,提高用健康、优美的汉语表达正确、深刻的思想的能力,文言会带给我们一些天然的汉语语感。热爱自己的本国语言,不断提高运用汉字汉语的能力,这是每一个人文化素养中最重要的表现;克服语言西化、杂糅的最好办法,是在学习规范、优美的现代汉语的同时,对文言也有深入的感受和体验。

文言文阅读还是从根本上理解现代汉语的重要条件。人们都认为现代汉语与文言差别很大,初读时甚至感到疏离隔膜、难以逾越。其实,汉语是一种词根语,词汇和语义的传衍非常直接,文言中百分之七十的词汇、词义,在现代汉语的构词法里都能找到。在书面语里,文言单音词的构词能量有时会比口语词更强。经过辗转引用积淀了深厚文化底蕴的典故、成语,成为使用汉语可以撷取的丰富宝库。如果我们对文言一无所知,是很难深入理解现代汉语的。有些人认为,在语文教学中现代文阅读和文言文阅读是两条线,其实,在词汇积累层面上,应该把它们并成一条线。学习文言与学习现代汉语,在积累词汇、理解意义、体验文化、形成语感方面是相辅相成的。

在推介《学生国学丛书》的时候,我们也有另外一重考虑。这套丛书毕竟经过了将近一个世纪,时代和社会都发生了根本的变化,我们有了更加明确的核心价值观和适应于现代的审美意识,语言、文字、文学、文献、教育都有了更新的研究成果,对丛书进行适度的改编,也是绝对必要的。所以,这次新编,我们主要做了五项

总序之一

工作：第一，为了今天在校学生和普通读者阅读的方便，改竖排为横排，标点符号也随之改为现代横排的规范样式。第二，变繁体字为简化字，在繁简转换的过程中，对在文言文语境中有可能产生意义混淆的用字，做了合理的处理。第三，采用今天所见较好的古籍版本对原书的选文进行了审校，订正了文句的错、讹、脱、衍。第四，对原书的注释进行了修改、加工、调整，使注释更加准确、易懂，对地名和名物词的解释，也补充了最新的资料。第五，撰写了新编导言，放在原书绪言的前面。原编者和新编者对同一部书和同一篇文的看法，或所见略同，或相辅相成，或角度各异，或存在分歧，都能促进阅读者的思考和讨论，引发延展性学习，带动更多篇目和整本书的阅读。

《学生国学丛书》本来是一套开放的丛书，我们还会根据教学和读者的需要，补充一些当时没有被选入的优秀古代典籍的选本，使新编的丛书不断丰富。

我国每年有将近两亿的青少年步入基础教育，一个孩子有不止一位家长，这是一个多么庞大的读书群体。将一个世纪以前的《学生国学丛书》通过新编激活，让它走进一个新的时代，更好地发挥它在语文教育和弘扬我国优秀传统文化中的作用，这是我们之所愿，也希望能使编写这套书的前辈们夙愿得偿。

总序之二
——植入健康的文化基因

顾德希

优秀的传统文化是中国人的精神家园。学生多读些国学典籍,将有助于把优秀传统文化的基因植入肌体。王宁老师的"总序",对本丛书的这一编辑意图已有深入全面的阐释,我打算就如何阅读这套丛书,或者说如何阅读文言文,做些补充性说明。

这套丛书的每一本,都专门写了新编导言。这是今日读者和原书连接的桥梁。人们常把桥梁喻为过河的"方法",所以也可以说,新编导言之所谓"导",就是力图为各类学生和更多读者提供一些阅读的方法。

这套丛书有好几十本,都是极有价值又有相当难度的国学经典,如不讲究阅读方法,编辑意图的实现会大打折扣。但这些经典差异性很大,《楚辞》和《庄子》的阅读肯定很不同,《国语》和《周姜词》的阅读方法差别就更大,即使同是词,读《苏辛词》与《周姜词》也不宜用完全相同的方法。因此本丛书新编导言所提供的阅读方法,针对性很强,因书而异。但异中有同,某些共性的方法甚至更为重要。不过,这些共性的方法渗透在每一篇导言中,未必能引起足够重视。下面,我想谈谈文言文阅读的四个具有共性的方法。

一、了解作者和相关背景,了解每本书的概貌,对每本书的阅读都很重要,这毋庸置疑。但一般读者了解这类相关知识,目的仅在于走近这本书。因而涉及作者、背景、概貌等,导言中一般不罗列专业性强的知识,而诉诸比较精要的常识性叙述。比如对《吕氏春秋》作者吕不韦,并没有全面介绍,也没有像过去那样从伦理道德上对这个历史人物加以贬抑,而只侧重叙述了他作为政治家的特点,因为明乎此便很有助于了解《吕氏春秋》。又如《世说新语》的成书背景有其特殊性,也需要了解,但限于篇幅,叙述的浓缩度很大。凡此种种必要的常识,新编导言里一般是点到为止,只要细心些,便不难从中获得多少不等的启发。兴趣浓厚者,查找相关知识也很容易。

二、借助注解疏通文本大意之后,就要反复诵读。某些陌生的词句,更要反复诵读。一句话即使反复诵读二十遍也用不了两三分钟,但这两三分钟却非常重要。

"诵读"是出声音的读,但并不是朗诵。大家所熟悉的现代文朗诵,不完全适用于文言诗文。朗诵往往是读给别人听,诵读却是读给自己听。古人所谓"吟咏",是适合于当时人自己感悟的一种诵读。今天的诵读,用普通话即可,节奏、抑扬、强弱、缓急,都无客观规定性,可随自己的感受适当处理。如果阅读文言文而忽略了诵读,效果至少打一个对折。不念出声音的默读,是只借助视觉器官去感知;出声音的诵读,是把视觉、听觉都动员起来的感知,其所"感"之强弱不言而喻。而且一旦读出声音,就让声带、口腔等诸多器官的运动参与进来了,凡诉诸运动器官的记忆,最容易长久。会骑车的人,多年不骑,一登上车还是会骑。因为骑车的感觉是一种运动记忆。文言语感的牢固形成与此类似。古人所谓"心到、眼到、口到"之说,实在是高效形成文言语感的极好方法。不管是成篇诵读,片段诵读,还是陌生词句的反复诵读,都是提升文言文阅读能力的好办法。本丛书的每一篇新编导言并未反复强调"诵读",但各种阅读建议无不与某些片段的反复读相关。既读,就要"诵",这是文言文阅读的根本方法。

三、应用。这是与文言翻译相对而言的。把文言文阅读的重点放在"翻译"上,副作用很多。一是不可避免信息的丢失。概念意义、情味意蕴，都会丢失。课堂教学中让学生把一篇文言文从头到尾"对号入座"地搞翻译，是文言教学中的无奈之举。一句一句，斤斤计较于文言句法词法和现代汉语的异同，结果学生的诵读时间没有了，刻意去记的往往是别别扭扭的"译文"，而精彩的原文反倒印象模糊，这不是买椟还珠吗！所以，在疏通大意、反复诵读的同时，一定要重视"应用"。应用，就是把某些文言词句直接"拿来"，用在自己的话语当中。比如，在复述大意时，在谈阅读感受理解时，不妨直接援引几句原话。如果能把原文中的某些语句就像说自己的话一样，自然而然地穿插到自己的述说中，那就是极好的应用。本丛书新编导言中援引原作并有所点评、有所串释、有所生发之处很多，但绝不搞对号入座的翻译，这不妨看作文言文阅读方法的一种示范。新编导言中有很多建议，要求结合作品谈个什么问题，探究个什么问题，都不同程度地含有这种"应用"的要求。

　　四、坚持自学。这套丛书，为学生自学文言文敞开了大门。学生文言文阅读的状况永远会参差不齐。同一个班的高中生，有的已把《资治通鉴》读过一遍，有的能写出相当顺畅的文言文，但也有的却把"过秦论"读成"过奏论"，这是常态。只靠面对几十个人的文言课堂讲授，几乎不可能使之迅速均衡起来。只有积极倡导自主性学习，才可能有效提高教学质量。本丛书的新编导言，高度重视对文言自学的引导。每篇新编导言都就怎样去读提出许多建议。这些建议有难有易，不是要求每一个人全都照着去做。能飞的飞，能跑的跑，快走不了的慢走也很好。新编导言在"导"的问题上，从不同层次上提出不同建议，相信各类学生都能找到适合自己的要求。只要选择适合自己或者自己感兴趣的要求，坚持不懈去"读"，去"用"，文言文的自学一定会出现令人惊喜的成果。从这个意义上说，本丛书的每一本，都是适合于各类读者自学国学经典的好读本。每一本中经过精心处理的注解，是自学的好帮手；而每一篇新编导言，又都可对自学起到切实的引导作用。只要方法对，策略恰当，那么这套丛书肯定能帮助我们有效提高文言文阅读水平。

目前，在深化高中语文课改的大背景下，很多学校高度重视突破过去那种一篇篇细讲课文的单一教学模式，开始重视"任务群"的学习，重视整本书的阅读，重视选修课的开设，重视校本课程的建设。在这样的大背景下，如果学校打算从本丛书中选用几本当作加强国学教育的校本教材，那么"新编导言"对使用这本书的教师来说，也可起到某种"桥梁"作用。

不管用一本什么书来组织学生学习，都必须对学生

总序之二

怎样读这本书有恰当引导。这是提高教学质量的一定不移之理。恰当的引导,要有助于各类学生更好地进入这本书的阅读,要有助于各类学生更好地开展自主性学习,要使之在文本阅读中进行有益的探究,并获得成功的喜悦。为了使新编导言的"导"能起到这样的作用,本丛书专门组织了多位一线优秀教师先期进入阅读,并把成功教学经验融入新编导言。因此,我们有理由相信,新编导言可以成为组织学生学习活动的有益借鉴。导言中结合具体作品对阅读所做的那些启发、引导,针对不同水平读者分层提出的那些建议,都将有助于教师结合自己学生的实际情况进一步拟出付诸实施的具体导学方案。

我相信,只要阅读文言文的方法恰当,只要各类读者从实际情况出发,循序渐进地学,优秀传统文化的基因就一定能更好地植入肌体。

目 录

新编导言 ………………………………………… 1
原书绪言 ………………………………………… 11

方苞文
原过 ……………………………………………… 19
读《孟子》………………………………………… 20
读《周官》………………………………………… 22
灌婴论 …………………………………………… 25
于忠肃论 ………………………………………… 28
辕马说 …………………………………………… 30
《孙征君年谱》序 ………………………………… 32
跋石斋黄公手札 ………………………………… 34
书《淮阴侯列传》后 ……………………………… 37
书孝妇魏氏诗后 ………………………………… 40
与王昆绳书 ……………………………………… 42
与刘言洁书 ……………………………………… 45

与孙以宁书……47
与孙司寇书……50
送王篛林南归序……52
送左未生南归序……54
送李雨苍序……56
孙征君传……58
白云先生传……63
记吴绍先求二弟事……65
高阳孙文正公逸事……67
左忠毅公逸事……69
狱中杂记……72
游潭柘记……79
游雁荡记……81
陈驭虚墓志铭……83
杜苍略先生墓志铭……85
万季野墓表……88
宣左人哀辞……93
武季子哀辞……95

姚鼐文

李斯论……101

书《货殖传》后 104
复张君书 106
复鲁絜非书 109
复蒋松如书 112
《南园诗存》序 115
《礼笺》序 118
赠钱献之序 120
刘海峰先生八十寿序 122
朱竹君先生家传 124
张逸园家传 126
仪郑堂记 130
登泰山记 132
游灵岩记 135
方正学祠重修建记 137
祭张少詹曾敞文 139
祭朱竹君学士文 141
宋双忠祠碑文 142
袁随园君墓志铭 145
博山知县武君墓表 149

新编导言

一

"桐城派"是清代影响最大的散文流派。桐城派的代表人物方苞、刘大櫆、姚鼐等都是安徽桐城人，故以他们为中心形成的古代散文流派被称为"桐城派"。桐城派自清代中叶兴起，清末走向衰落，成为我国文学史上作家最多、历时最长、影响最深远的文学流派之一。本书选录了桐城派创始人方苞的散文三十篇、桐城派集大成者姚鼐的散文二十篇，通过这些篇什，我们可以对桐城派的古文创作理论与成就，有一个大致的了解。

方苞（1668—1749），字凤九，一字灵皋，晚年自号望溪。方苞自幼聪慧，早岁随父兄读书，熟读背诵"五经"，22岁考取秀才，24岁游学京师，大学士李光地见其文章，赞曰："韩欧复出，北宋后无此作也"，由此名声大振。方苞32岁考取江南乡试第一名，39岁应会试，中贡士第四名，发榜后，闻母病，不顾李光地等人劝阻，匆匆返乡，未应殿试。方苞44岁时，戴名世《南山集》文字狱事起，因他曾给《南山集》作序，被株连下狱，定为死刑，后因重臣李光地极力营救，康熙皇帝亲批"方苞学问，天下莫不闻"，遂免死出狱，以平民身份入南书房做皇帝的文学侍从，开始了他此后三十年的仕宦生涯。

方苞尊奉程朱理学，治学以儒家经典为准的，深研《春秋》、"三礼"、《史记》、先秦诸子，在总结唐宋八大家、明代归有光等前人古文创作经验的基础上，提出"义法"说，开创了桐城派的古文理论。他在《古文约选序例》中说："序事之文，义法备于《左》《史》。"又在《又书〈货殖传〉后》中说：

> 《春秋》之制义法，自太史公发之，而后之深于文者亦具焉。"义"即《易》之所谓"言有物"也，"法"即《易》之所谓"言有序"也，"义"以为经而"法"纬之，然后为成体之文。

"言有物"是说文章要有思想有内容，"言有序"是说文章要有条理，要讲究艺术手法。方苞"义法"说强调文章内容与形式，提倡文道合一，其思想继承了唐代古文运动的精髓，也包含了方苞古文创作的独到见解。

新编导言

姚鼐(1732—1815),字姬传,一字梦谷,书斋名惜抱轩,故世称惜抱先生。姚鼐早年跟随伯父姚范学习经学,后来又跟从方苞的学生刘大櫆学习古文,并深受其影响。刘大櫆在方苞"义法"说的基础上,进一步探讨了古文的写作艺术,提出"神气"说(刘大櫆《论文偶记》),强调神气、音节、字句的统一,重视古文的艺术表现力。姚鼐发展了方苞、刘大櫆的文学理论,提出著名的"义理、考证、文章"三者统一的理论:

> 鼐尝论学问之事,有三端焉:曰义理也,考证也,文章也。是三者,苟善用之,则皆足以相济;苟不善用之,则或至于相害。(姚鼐《述庵文钞序》)

在文学理论方面,姚鼐还提出了"阴阳刚柔"风格论。他从阴阳与刚柔两个方面来概括文学作品的艺术风格,对文学作品的阳刚之美与阴柔之美各自的特点进行了生动形象的描绘,对两者之间的关系也进行了辩证的论述。(姚鼐《复鲁絜非书》)对于散文的具体创作方法,姚鼐提出了"神、理、气、味、格、律、声、色"八要素说,他认为"神、理、气、味者,文之精也;格、律、声、色者,文之粗也"。学文当由粗入精,以至于御精遗粗。(姚鼐《〈古文辞类纂〉序目》)这种散文艺术论既是对"义法"说和"义理、考证、文章"三结合说的具体说明,也是对我国古代散文艺术和理论的全面总结。

方苞、姚鼐的文论思想对我国传统文学理论既有继承也有发展，他们提出的理论对纠正明末清初的文风、对古代散文的发展都起了重要的作用。

二

本书选录了方苞、姚鼐的文章共五十篇，这些文章从文体上看有论、说、书、序、跋、传状、游记、墓志、哀辞等类别，从思想内容上看，可以概括为以下几类：

（一）政论杂感

方苞出身于官绅名士之家，年青时跟随父兄与明末逸民遗老交游唱和，耳濡目染，方苞对清朝的政治弊端、社会黑暗与某些不合理现象有一定的认识，也敢于揭露和鞭挞。方苞《狱中杂记》根据自己两年牢狱之灾的亲见亲闻，真实记录清代监狱中狱吏敲诈虐待犯人的种种丑恶现象，揭露了清代监狱管理的腐败与残酷；具有寓言性质的杂感《辕马说》，隐约地表达了对朝廷用人的不满，寄托了希望朝廷善待人才的希冀。清代大兴文字狱，文网严密，文人学士如履薄冰，战战兢兢，尽管如此，关心现实的正直文人还不忘通过纵论历史人物和历史事件，借古讽今，方苞《灌婴论》《于忠肃论》、姚鼐《李斯论》《书〈货殖传〉后》等论说文，通过评论古人古事，针砭时弊。

（二）论学谈心

本书选录方苞、姚鼐给友人的书信、赠序十四篇，这些书信、赠序或记述了与友人情真意切的情谊（方苞《送王篛林南归序》《送左未生南归序》），或表明自己立身为人的志向，与友人相互勉励（方苞《与王昆绳书》），或曲折地请求友人推荐谋职（方苞《与刘言洁书》），或委婉地谢绝友人的特荐殊擢（姚鼐《复张君书》），或直言谏诤友人秉公执法，勿引恶养乱（方苞《与孙司寇书》）。桐城派方苞被清代文士目为"一代正宗"（袁枚《仿元遗山论诗》），姚鼐44岁辞官，此后从事讲学工作长达四十年，因此，他们与友人论学的文字颇值得注意。方苞《与孙以宁书》讨论为孙征君作传的写作方法，提出"古之晰于文律者，所载之事，必与其人之规模相称"的选材叙事原则；姚鼐《复蒋松如书》《赠钱献之序》《仪郑堂记》总结儒学、经学的学术流变，探讨了对汉学、宋学的评价及态度等学术问题，《〈礼笺〉序》阐明了六经义理不可穷尽，治经应独立思考、不"私于一人"的道理。

（三）记人叙事

方氏家族与明末东林、复社关系密切，方苞的父亲方仲舒所交往的多是"抗节高蹈"的民族志士，方苞的师友亦多"楚越遗民"，因此，方苞的碑铭、传记之文多写不畏强权、刚正不阿、具有民族气节的斗士，如不畏奸臣、抗疏直谏的黄道周（《跋石斋黄公手札》），清正刚毅、视死如归的左光斗（《左忠毅公逸事》），倾身营救东林党人的孙奇逢（《孙征君传》），忤逆逆阉、抗清守关的孙承宗（《高阳孙文正公逸事》），医术高明、蔑视权贵的陈驭虚（《陈驭虚墓志铭》），隐居明志、安于贫穷的遗老张怡、杜苍略（《白云先生传》《杜苍略先生墓志铭》），等等。

姚鼐私淑方苞，其思想也深受方苞的影响，他的碑铭、传记之文也记述、表彰了一些忠义刚正的志士，如孤城自守、为国捐躯的宋代名将李庭芝、姜才（《宋双忠公碑文》），大义凛然、杀身成仁的方孝孺（《方正学祠重修建记》），正色立朝、刚正不阿的钱沣（《〈南园诗存〉序》），慷慨果敢、捍卫正义的知县张逸园、武亿（《张逸园家传》《博山知县武君墓表》），等等。

（四）山水游记

本书选了方苞、姚鼐的山水游记文章四篇，其中，方苞的《游雁荡记》、姚鼐的《登泰山记》是脍炙人口的名篇。《游雁荡记》主旨不在于写景记游和介绍名胜古迹，而是借题发挥，通过游雁荡山时的所见所思，来抒发感想，阐发理趣。作者先抑后扬，说明雁荡山不以秀美明媚取胜，而以其"壁立千仞""所处僻远"保持其"太古之容色"，能使人产生"严恭静正之心"，进而悟到"修士守身涉世之学"与"圣贤成己成物之道"。文章虽然说教的气味较重，但全文结构简洁，说理清楚，文字老练，比喻得当，较好地体现了桐城派文章的风格。姚鼐《登泰山记》抓住"登"字，记述了作者隆冬除夕登游泰山的全过程。作者首先介绍了泰山的山水形势，然后以游踪为序,交代登山的路径,重点描写了登上山顶后见到的景色和日观峰日出美景,最后概略介绍了作者游踪所及的一些名胜古迹和泰山的特点。《登泰山记》全文不足五百字,姚鼐精心剪裁,组织结构安排得主次分明、繁简适当,用笔洗练,章无冗句,句无冗字,充分体现了桐城派散文追求"雅洁"的特点。

三

从艺术手法上看,桐城派散文具有鲜明的特点,我们在阅读本书时,可以有意识地加以学习、模仿。

(一)选材精当

方苞提出"义法说",主张"义以为经而法纬之",也就是说,写文章应该以内容为主,并注意内容与形式的统一。为了表达文章的思想主旨,作者选材应该严谨,写文章"如煎金锡,粗矿去,然后黑浊之气竭而光润生"(《与程若韩书》)。记人叙事的文章,"所记之事,必与其人之规模相称,乃得体要"(《史记评语·绛侯周勃世家》)。人物传记,应该选取所记之人一生中最能体现其品格、气节和性格特点的大事来写,而对于无关大要、人人可为的事迹,则可以略而述之。

例如《孙征君传》,方苞着重详述孙奇逢营救东林党人杨涟、左光斗,上书孙承宗弹劾奸臣魏忠贤以及率家人亲故相保御贼等事迹,以表现孙奇逢舍生取义、不畏权贵、有胆有识的品格与气节,而对于孙奇逢讲学交游等"末迹",仅概略述之。

又如，姚鼐《朱竹君先生家传》，朱筠是清代乾隆年间著名的士大夫，一生可写的事情很多，但是，姚鼐严格选材，主要抓住朱筠的生平大事，即建议开四库全书馆以及在馆中的事迹来写，写朱筠在馆中的事迹也没有浓墨重彩地事事铺写，而是选取典型事例，重点写他与重臣刘统勋、于敏中的交往，刻画出朱筠不阿私情的耿介之士的形象。同时，作者又通过描写朱筠对朋辈宽宏仁厚，对后辈提携奖掖，用对照手法，充分表现出朱筠外刚内柔、谦谦君子的形象。

（二）章法谨严

桐城派作家非常讲究文章的结构与安排，层次与照应。方苞在《书〈五代史·安重诲传〉后》中说："记事之文，惟《左传》《史记》各有义法，一篇之中，脉相灌输而不可增损。然其前后相应，或隐或显，或偏或全，变化随宜，不主一道。"所谓"脉相灌输""前后相应"，就是指文章的起承转合、篇章的结构安排等问题。

例如，《狱中杂记》是方苞传颂古今的代表作。这篇文章记述了清初监狱中种种骇人听闻的事例，涉及书吏、狱官、禁卒、行刑者、主缚者、主梏扑者、老监、奸民各色人等。文章围绕监狱黑暗腐败这一主题，先通过杜君的讲述写刑部狱的条件恶劣与狱吏的贪婪凶残，然后分别叙述行刑者、主缚者、主梏扑者的惨无人道与对犯人的敲诈勒索，最后写胥吏擅改文书、徇私舞弊，甚至与罪犯狼狈为奸，贪赃枉法，大发横财。

文章看似头绪繁多、纷杂凌乱，但经过作者的精心组织安排，却事杂而意不杂，形散而神不散。

（三）语言精练

方苞、姚鼐的文章语言文雅、准确，叙述简而当，议论密而缜，他们常常用很精练简洁的文字，寥寥几笔就把事情交代得清清楚楚，把山光水色描写得栩栩如生，把人物形象塑造得如见其人、如闻其声。例如，方苞《左忠毅公逸事》写左光斗"视学京畿"一节：

> 一日风雪严寒，从数骑出，微行入古寺，庑下一生伏案卧，文方成草，公阅毕，即解貂覆生，为掩户。叩之寺僧，则史公可法也。及试，吏呼名至史公，公瞿然注视；呈卷，即面署第一。召入使拜夫人，曰："吾诸儿碌碌，他日继吾志事，惟此生耳。"

此段仅一百余字，就刻画出左光斗善识人才的智慧与爱才惜才的品格。作者用笔精审，简单几个字，却包含着丰富的没有写出来的故事："一日，风雪严寒，从数骑出，微行入古寺"说明左光斗视学时常微服察访，到各地访求人才；"解貂覆生，为掩户"刻画出左光斗爱才惜才、礼贤下士的高尚修养；"瞿然注视"与上文"伏案卧"呼应，写出左光斗第一次见史可法容貌的惊喜之情；"即面署第一"的"即"字，反映了左光斗"微行"考察了众多考生,对史可法特别满意,并待之已久的急切心理;"吾诸儿碌碌,他日继吾志事,惟此生耳"一语,说明左光斗将史可法视同己出,珍惜爱护之意溢于言表,同时对他寄予了继其志事的重托。"他日继吾事"一句,又与下文史公"探监""守御""躬造左公第"等脉相灌注、前后相应。

又如,姚鼐《登泰山记》描写登泰山所看到的景色:"及既上,苍山负雪,明烛天南,望晚日照城郭,汶水、徂徕如画,而半山居雾若带然。"作者用很少的笔墨描绘了一幅泰山夕照图,景色逼真,意境开阔,有风雪初霁的光辉,有晚日照城郭山水的美景。"山多石少土,石苍黑色,多平方,少圜。少杂树,多松,生石罅,皆平顶。冰雪,无瀑水,无鸟兽音迹。至日观数里内无树,而雪与人膝齐。"这一段多用两三个字的短句,简练地写出冰雪中泰山的特点。

原书绪言

　　清代古文，其义法谨严，可继韩、欧正轨者，必推方苞。一传为刘大櫆，再传为姚鼐，三子皆桐城人，故时人为之语曰："天下之文，其在桐城乎！"后之论者，于刘不无异词，至方、姚之辉映先后，为一代文宗，则无可疑也。乾隆以降，治古文者浸盛，方、姚学说，遍于海内，世遂有桐城派之目。又或别其支流，谓恽敬子居、张惠言皋文，籍隶阳湖者曰阳湖派。宗派之说不足道，然师友之授受，声气之应求，其来固有自。据陆祁孙《七家文录序》、马通伯《桐城耆旧传》，则恽、张之闻风兴起，亦方、姚有以导其源也。其生平事迹，各有传状志铭，通行之书，皆得见之。今采《方氏年谱》与《姚氏先德录》节为略传，又以意逆志，推求两先生之风旨，而古文之所以有益于学术者，亦抒其所见，以备学者之采择焉。

方姚文

方苞，字灵皋，晚号望溪。先世避乱居上元县，遂家焉；桐城，其原籍也。年三十二，举乡试第一，逾七年，成进士，闻母病，未及廷试，遽归，未授职也。戴名世之狱，先生以《南山集》序列名被逮，狱成，论死，清圣祖特旨免治，曰："方苞学问，天下莫不闻。"命隶籍汉军，以白衣入值南书房，继充武英殿修书总裁。世宗即位，赦还原籍，授侍读学士，历官至礼部侍郎。立朝性刚而言直，卒为忌者媒蘖。乾隆四年，以蜚语罢职，仍在三礼馆修书，凡兼领书局三十年，后以老病乞归。十四年卒，年八十二。毕生致力于经学，于《春秋》、"三礼"尤精。其治经宗宋儒，以义理为主，不详名物训诂。著书至一百六十卷，承修各书不与焉。文集十八卷，集外文十卷。

姚鼐，字姬传，尝铭其轩曰"惜抱"，故世称"惜抱先生"。姚氏为桐城世族，伯父范，号姜坞，官编修，以学行名于时，先生少传其业，而受文法于刘大櫆海峰，海峰受业于望溪，传其古文之学者也。年二十，举乡试，三十四，成进士，选庶常，改礼部主事，历官至刑部郎中，充《四库全书》馆纂修官。时尚汉学，而河间纪昀为书局总纂，于书目提要中，尤喜隐讥宋儒，先生意甚不平。夙淡荣利，书竣，即乞养归。主讲钟山、紫阳诸书院四十年，及门成就者甚众，梅曾亮、管同，其最也。嘉庆二十年卒，年八十五。所著书有《九经说》，兼义理、考证以通汉、宋之邮；编《古文辞类纂》，别裁伪体，为文章正轨，学者至今宗之。《惜抱轩文集》十六卷，文后集十二卷，诗集十卷。

方氏之学，宗法程、朱，惟语录之文，则不欲附和。其论古文，必曰质而不俚，又尝自言其立身之蕲向，曰："学行继程、朱之后，文章在韩、欧之间。"推其意，欲合程、朱、韩、欧以一身任之，非学行为一事，文章为一事也。昔在孔门，文与道本二名而一物，《论语》"天之将丧斯文""未丧斯文"诸语，朱子释之曰："道之显者谓之文。"盖孔子之所谓"文"，即孔子之所谓"道"，文以载道，与为隆污，故删定"六经"以厘正之。四教先之以文，此以教门人小子游艺之事也；四科终之以文学，此以教七十子之徒。或专修之，或兼修之。游、夏之徒，专修之者也；善为说辞，善言德行，兼修之者也。七十子之后，文之统绪，传于韩、欧；道之统绪，传于程、朱。韩、欧之道，不能醇而无疵；程、朱之文，又恐质而近俚。儒者以道自任，即以文自任，故必合而一之，始完其职责，此方氏之旨也。

姚氏私淑于方氏，本其宗旨，笃信宋儒，与诋毁者断断而争，见于文集与尺牍者多矣。然悟宋儒为世所诟病，不但在文之直率，其空疏无据、果于自信，尤足为学术之累。《中庸》曰："无征不信，不信民弗从。"文献不足，则孔子于夏、殷之礼，能言之而不言，亦云慎矣。方氏说经，专主义理，而略于名物训诂，此于经学犹有罅漏，必待补苴者也。故姚氏论学之语，曰："义理也，考据也，辞章也，三者不可偏废，必义理为质，而后考据有所归，辞章有所附。"推其意，欲兼程朱、韩欧、许郑之长，方满儒者之量。文与道，不当歧而为二，宋儒与汉儒，更不当歧而为二。兼采所长，不互攻所短，则姚氏之旨也。于文，则宋之语录，汉唐之注疏，皆非所以为文，其归于韩、欧也，决矣。

方、姚之风旨如此，其托体也尊，其取类也大，生当盛时，聪明老寿，学足以尽其才，行足以副所学，文章之所以成其业者，固当彬彬焉为"儒者之文"矣。文质升降，因乎世运。文胜之弊，韩、欧救正之于先，质胜之弊，方、姚救正于后者，以文质偏胜，道且不明不行也。然曾国藩与吴南屏书，谓古文无施不可，惟不宜于说理，此似为语录之文辨护。古文而不宜说理，又岂"骈俪之文"能之乎？此语未敢尽信。韩子之《原道》《原性》，皆说理之文至精实者也；《孟子》"牛山之木""鱼我所欲"诸篇，尤言近旨远，善于说理之文也。曾之意，盖谓说理之难，行文必矜慎不苟焉耳。但学者于古文之应用，必有怀疑，正以为独宜说理，外此则无施而可也。官府社会一切言事之文，凡有通行程式者，皆不能以古文之格行之；翻译之文，演讲之文，又不必以古文行之；至序、记、碑、传，以应世俗之求者，更何必甘为人役，孳孳以从事于此乎？

然则古文之应用何在？曰："将以为为学之具，蕲至乎知言知道之君子而已。"人之为学，大率因文以见道，而能文与不能文者，其感觉之敏钝，领会之多寡，盖相去悬绝矣。譬之寻幽揽胜，樵夫牧竖之所陋者，高人逸士徜徉其间，且感会于无穷，则观古人之文者，亦犹是耳。至理趣情感，有动于中，发而为文，又可因之以磨砻锻炼，闲节调和，使粗者以精，窒者以通，而学益进焉。此为为己之学，岂为人之学哉！惟沿流溯源，不能读唐、宋之文，必不能读汉、魏、周、秦之文，不能读近代之文，必不能读唐、宋之文。时代近则启发易入，揣摹易仿，是则编此二家文之旨也。

赵　震

一九二七年十月二十三日

方苞文

方苞文

原过

君子之过，值人事之变而无以自解免者十之七，观理而不审者十之三。众人之过，无心而蹈①之者十之三，自知而不能胜其欲者十之七。故君子之过，诚所谓过也，盖仁义之过中者尔。众人之过，非所谓过也，其恶之小者尔。上乎君子而为圣人者，其得过也，必以人事之变，观理而不审者则鲜矣。下乎众人而为小人者，皆不胜其欲而动于恶，其无心而蹈之者亦鲜矣。众人之于大恶，常畏而不敢为，而小者则不胜其欲而姑自恕焉。圣贤视过之小，犹众人视恶之大也，故凛然②而不敢犯。小人视恶之大，犹众人视过之小也，故悍然③而不能顾。服物之初御④也，常恐其污且毁也，既污且毁，则不复惜之矣。苟以细过自恕而轻蹈之，则不至于大恶不止。故断一树，杀一兽，不以其时，孔

---

① 蹈，实行，此处作"犯"解。
② 凛然，惧貌。
③ 悍然，强横貌。
④ 御，进用，谓衣服、物品初进用。

子以为非孝①。微矣哉！亦危矣哉！

读《孟子》

予读《仪礼》②，尝以谓虽周公，生秦汉以后，用此必有变通；及观《孟子》，乃益信为诚然。孟子之言养民也，曰制田里、教树畜而已③；其教民则"谨庠序④之教，申⑤之以孝弟之义"，凡昔之圣人所为深微详密者无及焉。岂不知其美善哉，诚势有所不暇也。然由其道层累而精之，则终亦可以至焉。

其言性也亦然，所谓践形养气、事天立命⑥，

---

① 《礼记·祭义》："断一树，杀一兽，不以其时，非孝也。"
② 《仪礼》，书名，所载皆冠昏丧祭之仪节。
③ 周制，一夫受田百亩，余夫二十五亩。里谓五亩之宅，亦一夫所受。树畜，树桑畜家畜。
④ 殷曰序，周曰庠，皆乡学。
⑤ 申，重复，叮咛反复之意。
⑥ 践，履行。《孟子》："形色，天性也，惟圣人然后可以践形。"养气，《孟子》："我善养吾浩然之气。"事天，《孟子》："存其心，养其性，所以事天也。"立命，《孟子》："夭寿不二，修身以俟之，所以立命也。"

间一及之；而数①举以示人者，则无放其良心②以自异于禽兽而已。既揭五性③，复开以四端④，使知其实不越乎事亲从兄⑤，而扩而充之，则自"无欲害人""无为穿窬之心"⑥始。盖其忧世者深，而拯⑦其陷溺也迫，皆昔之圣人所未发之覆也。

呜呼！周公之治教备矣，然非因唐、虞、夏、殷之礼俗，层累而精之，不能用也；而孟子之言，则更乱世，承污俗⑧，旋举而立有效焉。有宋诸儒之兴，所以治其心性者，信微且密矣，然非士君子莫能喻⑨也；而孟子之言，则虽妇人小子，一旦反之于心而可信为诚然。然则自事其心与治天下国家

---

① 数，shuò，屡次。
② 良心，本然之善心，即所谓仁义之心。《孟子》："虽存乎人者，岂无仁义之心哉？其所以放其良心者，亦犹斧斤之于木也。"
③ 五性，仁、义、礼、智、信。
④ 四端，《孟子》："恻隐之心，仁之端也；羞恶之心，义之端也；辞让之心，礼之端也；是非之心，智之端也。"
⑤ 《孟子》："仁之实，事亲是也；义之实，从兄是也。"
⑥ 《孟子》："人能充无欲害人之心，而仁不可胜用也；人能无穿窬之心，而义不可胜用也。"穿，穿穴；窬，逾墙，皆盗窃之事。
⑦ 拯，救助。
⑧ 污俗，美俗之反。《尚书·胤征》："旧染污俗。"
⑨ 喻，知晓。

者,一以孟子之言为始事可也。

读《周官》①

呜呼,世儒之疑《周官》为伪者,岂不甚蔽②矣哉!《中庸》③所谓尽人物之性,以赞天地之化育④者,于是书具之矣。盖惟公达于人事之始终,故所以教之、养之、任之、治之之道,无不尽也;惟公明于万物之分数,故所以生之、取之、聚之、散之之道,无不尽也。运天下犹一身,视四海如奥阼⑤,非圣人而能为此乎?

然自汉何休,宋欧阳修、胡宏⑥皆疑为伪作。

---

① 《周官》,书名,亦称《周礼》,《汉书·艺文志》载《周官》经六篇、传四篇,故改题本号,以其书皆六官程式,非记礼之文,为周公居摄后所作。
② 蔽,蒙蔽,不明。
③ 《中庸》,《礼记》篇名,后改列"四书"之一,子思所作。
④ 化育,谓天地之生成万物。
⑤ 室西南隅曰奥,主阶曰阼。
⑥ 何休,东汉任城樊人,字邵公,著有《春秋公羊解诂》。欧阳修,宋庐陵人,字永叔,著有《新唐书》及《新五代史》。胡宏,亦宋人,字仁仲,传父安国之学,著有《知言》及《皇王大纪》。

方苞文

盖休耳熟于新莽之乱①,而修与宏近见夫熙宁之弊②,故疑是书晚出③,本非圣人之法,而不足以经世也。莽之事不足论矣,熙宁君臣④所附会以为新法者,察其本谋,盖用为富强之术,以视公之依乎天理以尽人物之性者,其根源较然⑤异矣。就其善者,莫如保甲之法⑥,然田不井授⑦,民无定居,而责以相保相受,有皋奇衺相及⑧,则已利害分半,而不能无拂乎人情矣。修与宏不能明辨安石所行,本非《周

---

① 王莽封新都侯,后篡汉,国号曰新。其居摄践阼,自托周公,制度多仿古,不度时宜。
② 熙宁,宋神宗年号。神宗用王安石行新法,附会《周官》,天下因之骚乱。
③ 《周礼》一书,上自河间献王,于诸经之中,其出最晚。
④ 君谓神宗,臣谓王安石等。
⑤ 较然,显明貌。
⑥ 王安石倡保甲法,十家为保,有保长;五十家为大保,有大保长;十大保为都保,都保有正副。
⑦ 田不井授,言非古授田之区划。周制,地方一里,划为九区,每区百亩,中为公田,其外八家,各受一区为私田,形如井字,故称井田。
⑧ 皋,古文"罪"字。衺,xié,通"邪";奇衺,不正。考宋保甲,同保犯强盗杀人、强奸掠人、传习妖教、造蓄蛊毒,知而不告者,依律互保法治罪,此仿古连坐法,所谓"奇衺相及"。

官》之法，而乃疑是书为伪，是犹惩覆颠而废舆马也。

是书之出，千七百年矣，假而战国、秦、汉之人能伪作，则《冬官》①之缺，后之文儒有能补之者乎？不惟一《官》之全，《小司马》②之缺，有能依仿四《官》之意以补之者乎？其所以不能补者，何也？则事之理有未达，而物之分有未明也。

呜呼！三王致治之迹，其规模可见者，独有是书；世变虽殊，其经纶③天下之大体，卒不可易也。若修与宏者，皆世所称显学之儒，而智不足以及此，尚安望为治者笃信而见诸行事哉！必此之疑，则惟安于苟道而已，此余所以尤痛疾乎后儒之浮说也。

---

① 《冬官》，周制六官，以司空为冬官，自秦火后，原阙此篇，汉代求之不得，以《考工记》补之，然冬官所掌，实不止此。
② 《小司马》，周置为司马之贰，《周官》："夏官司马，小司马之职掌。"郑氏注："此下字脱灭，札烂文阙。"
③ 经纶，治丝之事，引其绪而分之为经，比其类而合之为纶，因以为凡规划政事之称。

方苞文

灌婴论①

汉之再世②,诸吕作难③,定天下安刘氏者婴也,而议者推功于平、勃④,误矣。平为丞相,听邪谋以南北军属产、禄⑤,使勃有将之名而无其实久矣。一旦变起仓卒,而勃不得入于军,则平已智尽而能索矣。乡使绐说不行⑥,矫节而谋洩⑦,平、勃有相牵而就缚耳,如产、禄何!前古用此以败国殄⑧身者众矣。平、勃之事幸而集,则婴为之权藉⑨也。吕氏

---

① 灌婴,汉睢阳人,从高祖定天下,封颍阴侯,与陈平、周勃共诛诸吕,立文帝,以功进太尉,寻为丞相。
② 高祖传至惠帝而吕氏之难作,故曰再世。
③ 吕后信任吕产、吕禄等,吕氏遂谋亡刘。
④ 平、勃,即陈平、周勃。
⑤ 陈平用张辟彊计,请拜吕台、吕产、吕禄为将,居南北军,诸吕权由此起。汉卫宫之兵谓之南军,京城之兵谓之北军。
⑥ 绐,dài,欺诈。高后崩,诸吕欲为乱,时太尉勃不得主兵,郦商子寄与禄善,平、勃使人劫商,令寄说禄归将印,以兵属太尉。
⑦ 矫,欺诈。节,符节,古使臣执以示信之物。勃欲入北军,不得,纪通尚符节,乃令持节矫纳勃于北军,勃始得兵讨平吕氏。
⑧ 殄,tiǎn,绝尽,绝灭。
⑨ 《战国策》:"夫权藉者,万物之率也。"权即秤锤,藉犹戥盘,皆称物所必需者。

虽三王①,悬国千里外,无一夫之援,而诸侯合从西乡②,空国兵以授婴。当是时,吕氏所恃者婴耳,而婴顿兵荥阳,与诸侯连和,以待其变,③是犹孤豚局于圈槛④,而虎扼其外也。吕氏心孤,故郦⑤寄之谋得入,而公卿吏士晓然知产、禄之将倾,同心以踣⑥之,故矫节闭殿⑦,莫敢龃龉⑧,以生得失,譬之于射,劲矢而婴弦机也。乡使吕禄自出以当齐、楚,而产兼将南北军以自定,或不足以倡乱,贼诸大臣有余力矣。⑨吕氏本谋,欲待婴与齐合兵而后发,故虽听郦寄之言,尚犹豫未有所决也。⑩及贾寿

---

① 三王,谓吕产为梁王,吕禄为赵王,吕台子通为燕王,时台已死矣。
② 乡,通"向"。齐王襄连合诸侯发兵西讨诸吕。
③ 荥阳,即今河南荥阳市。产、禄闻有诸侯兵,使婴击之,婴至荥阳,乃与诸侯连和,屯兵不动。
④ 局,拘禁。圈槛,畜兽之阑。
⑤ 郦,lì,郦寄,字况,高阳(在今河南杞县)人,汉初名将,乃名将郦商之子。
⑥ 踣,bó,倒毙,此谓推翻。
⑦ 闭殿,勃令曹窋告卫尉,毋入产殿门,产欲入宫为乱,至殿门,弗得入。
⑧ 龃龉,齿不正而参差出入,以称意见不相合者。
⑨ 贼,害,言倡乱或不足,害在朝诸臣则有余。
⑩ 吕禄闻郦寄归将印之言,欲从之而未决。

方苞文

自齐来，知婴谋，然后以印属典客①。盖自知无以待婴，而欲改图以缓死。故得因其瑕衅②而乘之。由是观之，定天下安刘氏者婴也，审矣！其推功于平、勃，误也。

抑吾有感焉！三代以下，汉治为近古，其大臣谋国，若家人然。婴之功虽掩于平、勃，受封犹次之。至平阳侯窋③屡发产谋，以关平、勃，④折其机牙⑤，功不在婴下；及事平，以不与诛诸吕夺官，⑥而无一言以自列。呜呼！何其厚与！韩、富⑦，贤人也，其相宋也，以不共撤帘之谋生怨。⑧岂人心之

---

① 贾寿从齐来，具言灌婴与诸侯合从事，趣产急入宫，勃乃矫节入北军，禄即听郦寄解将印属典客刘揭，以兵授勃，勃始得将北军。典客，秦官名，掌诸侯及归命蛮夷，汉后更名大鸿胪。
② 瑕衅，间隙。
③ 平阳，治所在今山东邹城。窋，zhú，曹参子。
④ 关，告知。贾寿之言，窋告平、勃；产将入宫，窋又依勃命，告卫尉毋入产；产不得入宫，在宫外徘徊，窋又驰告勃，勃乃使朱虚率兵入宫，见产击杀之，然后勃等始公言诛诸吕。
⑤ 机牙，言如机括弩牙之发动。
⑥ 窋时为御史大夫，文帝立而免。
⑦ 韩、富，韩琦、富弼，皆宋名臣。
⑧ 宋英宗疾，太后临朝，后帝疾瘳，韩琦欲太后还政，因白后求去，后曰："相公不可去，我当居深宫耳。"遂起，琦即命撤帘（女主临朝必垂帘）。时富弼为枢密使，以此大事而琦不与共谋，意不怿，乃以足疾力求解政。

变,随世以降,而终不可返于古邪?抑上所以导之者异邪?此有国家者所宜长虑也。

于忠肃论①

孔子曰:"可与立,未可与权。"《易》之道,正或有过,而中则无之。中非权不得,而遭事之变,则尤难。明景泰中,于忠肃公不争易储。②为之解者曰:"公阴争之而不敢暴③也。"或曰:"景泰有定国之功,有天下者,宜其子孙。"是皆未得公之心也。宋太宗挟传子之私,而光美、德昭不得良死。④季桓子⑤有疾,命正常⑥曰:"南孺子⑦之

---

① 于忠肃,名谦,字廷益,明土木之变,也先以英宗北去,谦议立景帝,定策固守,及英宗回国复辟,被害,万历时,谥忠肃。
② 景泰,明景帝年号。景泰三年,废皇太子见深,立子见济为皇太子。见深,英宗子,见济,景帝子。
③ 暴,pù,显示。
④ 宋太祖得天下,杜太后遗命立长君,使太祖传弟光义,光义传弟光美,光美传太祖子德昭。太祖崩,光义立,是为太宗,而光美、德昭皆被逼死,太宗崩而子真宗恒立。
⑤ 季桓子,鲁桓公之后,名斯,为鲁权臣。
⑥ 正常,桓子家臣。
⑦ 南孺子,季桓子妻。

子，男也，则以告而立之；女也，则肥①也可。"桓子卒，康子即位。既葬，康子在朝。南氏生男，正常载以如朝，曰："夫子有遗言：南氏生男，则以告于君大夫而立之。"康子请退②，公使共刘视之③，则或杀之矣。方景泰帝决志易储，争者虽盈廷不足忌，而公则其身之所由以立也，勋在社稷，中外之人心系焉，公有言，则心孤而虑变矣。帝之度量未必远过宋太宗，而威权则十百于康子，是乃公之所心悸也。南城高树之伐④，殆哉！岌岌⑤乎而敢轻试哉？

鲁昭公⑥之出也，叔孙婼自祈死而不诛其司马鬷戾⑦，先儒病焉，不知婼之心亦犹是也。春秋时，

---

① 肥，桓子子，即康子。
② 退，避位。
③ 公，鲁哀公。共刘，鲁大夫。视，视所生男。
④ 英宗既归，尊为上皇，居南宫，给事中徐正言上皇不宜居南宫，御史高平亦言城南高树事叵测，遂尽伐之。时盛暑，上皇常倚树憩息，及树伐，得其故，大惧。
⑤ 岌，jí。岌岌，危险貌。
⑥ 鲁昭公，名裯，即位二十五年，攻季氏不克，逊于齐。
⑦ 叔孙婼，亦桓公之后，握有国权者。昭公被逐，婼耻不能救，因祈祷而死。鬷戾，叔孙氏家臣，率众救季氏，而逐公徒者。

强家胁权①而相灭者,无国无之。季氏之恶稔②矣,其不动于恶,以国制于己,而昭公在外为不足忌耳。若婼诛嬶戾,则季氏之虑变矣,非独叔孙氏之忧,吾恐圉人荦、卜齮之贼复兴③,而公衍、公为④不得复安于鲁也。为叔孙计,必力能诛季氏、定昭公,而后可加刃于嬶戾,故不得已而以死自明,此叔孙之明于权也。

吾因正常而得于公之义,又因于公而得叔孙婼之心,故并论之,使遭变而处中者,有以权焉。

辕马说⑤

余行塞上,乘任载之车⑥,见马之负辕者而感

---

① 胁权,以威力迫人。
② 积久曰稔。
③ 圉人,养马者。荦,圉人名。卜齮,鲁大夫。鲁庄公薨,其弟庆父使荦贼公子般,冀以自立。子般死,闵公立,庆父仍不得位,因又使齮贼闵公。此言恐昭公虽在外,亦难保其生命。
④ 公衍、公为,皆昭公子。
⑤ 辕,驾车之木,左右各一,外出向前者。
⑥ 任载之车,别于乘车而言。

方苞文

焉。古之车,独辀加衡而服两马①。今则一马夹辕而驾,领局于軛②,背承乎韅③,靳前而絆后④。其登阤⑤也,气尽喘汗,而后能引其轮之却也;其下阤也,股蹙蹄攒⑥,而后能抗其辕之伏也。鞭策以劝其登,棰棘⑦以起其陷,乘危而颠,折筋绝骨,无所避之,而众马之前导而旁驱者不与焉。其渴饮于溪,脱驾而就槽枥⑧,则常在众马之后。噫!马之任孰有艰于此者乎?

然其德与力,非试之辕下不可辨。其或所服之不称,则虽善御者不能调也。驽蹇⑨者力不能胜,狡愤⑩者易惧而变,有行坦途惊蹶而偾⑪其车者

---

① 辀,车辕,大车谓之辕,兵车、田车、乘车谓之辀。衡,辕端横木。服,驾驭,驾车之马,在中央夹辕者为服。
② 軛,车衡两端作缺月形,以扼马颈者。
③ 韅,xiǎn,驾马之皮带,在两腋旁,横经其下,而上以系于鞍者。
④ 靳,驾马当胸之皮带。絆,同"绊",马絷,拘使半行,不得纵步。
⑤ 阤,zhì,山坡。
⑥ 攒,cuán,聚集。
⑦ 棰,同"捶",以杖击打。棘,亦以击者。
⑧ 槽枥,养马之所。
⑨ 驽蹇,最下之马。
⑩ 狡愤,《左传》:"乱气狡愤。"言马之乱气狡戾而愤满。
⑪ 偾,fèn,覆败。

矣。其登也若跛,其下也若崩,泞旋淖陷①,常自顿②于辕中,而众马皆为所掣③。呜呼,将车者,其慎哉!④

《孙征君年谱》序⑤

容城⑥孙征君既殁三十有七年,其曾孙用桢以旧所编年谱属余删定,既卒事而为之序曰:自古豪杰才人以至义侠忠烈之士不得其死者众矣,而传经守道之儒无是也,极其患至于摈斥流放胥靡⑦而止耳。其或会天道人事之穷而至于授命⑧,则必时义宜然,而与侠烈者异焉。

---

① 泞,泥水淤积。淖,nào,泥沼。
② 顿,困踬。
③ 掣,chè,牵曳。
④ 将车,犹言驾车。是篇寓意,为责难任事者而言。
⑤ 孙征君,名奇逢,字启泰,号钟元,明万历举人。尚气节,左光斗等被党祸,倾身营救。其学以"慎独"为宗,初主陆、王,后更和通朱子之说。自明及清,屡征不起,故称征君。年谱,用编年法记载一人之事实。
⑥ 容城,县名,今属河北省保定市。
⑦ 胥靡,刑徒。箕子一名胥余,按箕子为奴,故称胥余。胥余,犹胥靡。
⑧ 授命,捐躯,《论语》:"见危授命。"

方苞文

　　世皆谓儒者察于安危，谨于去就，故藏身也固①，近矣而未尽也。盖人之于天也，以道受命，三才②万物之理全而赋之，乃昏焉不知其所以生而自殽③于物者，天下皆是也。《记》曰："人者，天地之心。"惟圣贤足以当之；降此则谨守而不失，惟儒者殆庶几耳。彼自有生以至于死，屋漏④之中，终食之顷，懔懔然⑤惟恐失其所受之理而无以为人。其操心之危，用力之艰，较之奋死于卒然⑥者有十百矣。此天地所寄以为心，而藉之纪纲⑦乎人道者也。岂忍自戕贼哉？孔子于道，常歉然若不足，而死生之际，则援天以自信⑧，盖示学者以行身之方，而使知其极也。

　　先生生明季，知天下将亡，而不可强以仕，此

---

① 藏身也固，语见《礼记·礼运》："此圣人所以藏身之固也。"
② 天、地、人为三才。
③ 殽，通"淆"，相互错杂。
④ 屋漏，室西北隅幽暗之处，《诗经·大雅·抑》："尚不愧于屋漏。"
⑤ 懔懔然，惊惧敬畏貌。
⑥ 卒，cù，卒然，急遽貌。
⑦ 治丝者理之为纪，张之为纲，整治维系之意。
⑧ 援，援引。如"天之未丧斯文也，匡人其如予何""获罪于天，无所祷也"等，皆孔子援天之证。

固其所以为明且哲①也。然杨、左诸贤之难,若火燎原,而出身以当其锋;②及涉乱离,屡聚义勇③,以保乡里;既老,屏迹耕桑,犹以宵人④几构祸殃。迹其生平,阽⑤于危死者数矣!在先生自计,固将坦然授命而不疑,而卒之身名泰然,盖若有阴相者。今谱厥始终,其行事或近于侠烈,而治身与心则粹乎一准于先儒。学者考其立身之本末,而因以究观天人之际,可以知命而不惑矣。

跋石斋黄公手札⑥

公与宝应乔侍御⑦手札十有四。其十有二皆短

---

① 明且哲,《诗经·大雅·烝民》:"既明且哲,以保其身。"
② 杨、左,杨涟、左光斗,以疏劾魏忠贤,为忠贤所害,祸及亲党,奇逢倾身营救,诸人赖以归骨。
③ 凡团结本乡人,自备器械,以负守御之任者,谓之义勇。
④ 宵人,犹小人。
⑤ 阽,diàn,临近。
⑥ 黄石斋,名道周,字幼平,明天启进士,以文章风节高天下,屡起屡黜。唐王时为武英殿学士,率师出衢州,与清兵遇,战败不屈死,谥忠烈。
⑦ 宝应,即今江苏扬州宝应县。乔侍御,名可聘,字君征,一字圣任,天启进士,由中书舍人改授御史,巡按浙江,风裁甚著。

札,乃崇祯十五年,自戍所复召入都,晨夕往复语也。①长言者二,时则引疾南还,越中诸贤筑学舍,留公讲问,而侍御适为巡按,一答其始至通问之书,一将以使事反命②而特致之。

考公之事庄烈愍帝③,陈言对命,无一不与帝心相违。二三执政祖魏忠贤故知,力排异己。④公三进三逐,廷杖⑤八十,移狱镇抚司⑥,考掠者四。一朝而脱囚籍,则于政事之得失,君子小人之消长,凡有见闻,无不与同心者思所以挽正;及引身以退,匿迹于嵁岩深谷之中⑦,而民生之苦病,吏治之烦

---

① 崇祯十三年,江西巡抚解学龙荐道周,推奖备至,帝怒,立削二人籍,下狱,责以党邪乱政,并廷杖八十,道周寻谪戍广西。
② 反命,复命。
③ 庄烈愍帝,名由检,光宗五子,年号崇祯。在位十七年,流贼内逼,帝以帛自缢于万岁山亭。
④ 执政,指周延儒、温体仁。延儒为首辅,性贪,所引用皆招摇罔利之人;体仁辅政数年,日与善类为仇,用小廉曲谨自结于上。
⑤ 廷杖,杖之于朝。明代公卿之受廷杖者极多。
⑥ 镇抚司,官署名,明因元制,凡诸卫皆置之,锦衣卫镇抚司尤有名,理卫中刑名,所谓南镇抚司,永乐间又添北镇抚司,专理诏狱。
⑦ 嵁,kān,嵁岩,高峻的山岩。道周学贯古今,所至学者云集,铜山在孤岛中,有石室,道周自幼卧其中,故学者称为石斋先生。

苟，军事之失图，柄臣之误主，身在局外，犹责其友以必言，而冀君之一寤。盖君子所性根于心而不能自已者如此。

呜呼！庄烈愍帝嗣位于国势倾危之日，一时忠良虽触忤憎恶，偶有感发，未尝不幡然①易虑而亲之任之也。然卒之如公，如念台刘公②，志在竭忠，而穷于效忠之无路；如孙文正③，如卢忠烈④，志在奋死，而扼于投死之非时。皆由媢嫉⑤之臣，相继而居腹心之地，其术百变，能使东西易面，人主自为转移而不觉耳。如而夫者不能放流⑥，乃与

---

① 幡，通"翻"；幡然，变计貌。
② 刘念台，名宗周，字起东，以节闻于朝，崇祯时屡上章奏，官左都御史，后斥为民。南都亡，杭州失守，不食而死，学者称念台先生。
③ 孙文正，名承宗，字稚绳，天启初，累官兵部尚书，入阁办事，后经略蓟辽，拓地二百里。魏忠贤党谗之，乞归，清兵破高阳，投缳而死，谥文正。
④ 卢忠烈，名象昇，字建斗，娴将略，屡有战功，崇祯时，官至兵部尚书。十一年，督师与清军战，为杨嗣昌所扼，兵单饷乏，乞援不应，力战死，谥忠烈。
⑤ 媢嫉，嫉妒。
⑥ 放流，黜逐。

之朝夕深言于帷幄,虽当平世①,犹不能无生乱阶②,况屯③难已成之后乎!圣人系《易》,谓难之解,验在小人之退,而于五发之。④位乎天位者,可不服念哉!⑤

书《淮阴侯列传》后

太史公⑥于汉兴诸将,皆列数其成功,而不及其方略⑦,以区区者,不足言也。惟于信,详哉其言之。盖信之战,刘、项之兴亡系焉,⑧且其兵谋,足为后世法也。然自井陉而外⑨,阳夏、潍水之迹盖

---

① 平世,平治之世。
② 乱阶,祸乱之阶梯。
③ 屯,困难。
④ 难之解,即难之散。《易·解卦》:"六五,君子维有解,吉,有孚于小人。"六五,当君位。孚,验证。君子有解,以小人之退为验。
⑤ 天位,在天子之位。服,思虑,《诗经·周南·关雎》:"寤寐思服。"
⑥ 太史公,司马迁,《史记》即其所著,父谈为太史令,迁继之,故称太史公。
⑦ 方略,用兵之方法谋略。
⑧ 韩信助汉击楚,项羽始亡。
⑨ 井陉,地名,即井陉口,在今河北省井陉县东北,四面高,中央下如井,故名。信以兵击赵于井陉口,背水死战,大破赵兵,虏赵王歇,斩其将陈余。

略矣①;其击楚破代②,亦约举其成功;至定三秦,则以一言蔽之,③而其事反散见于他传。盖汉、楚之争,惟定三秦为易,虽信之部署④,亦不足言也。左氏纪韩之战,方及卜徒父之占,而承以"三败及韩"。⑤乍观之,辞意似不相承,然使战韩之前,具列两国之将佐,三败之时地,则重腿⑥滞壅,其体尚能自举乎?此纪事之文,所以《左》《史》称最也。

---

① 阳夏,地名,今河南太康县。按《史记》,信惟伏兵从夏阳袭安邑而虏魏王豹,无阳夏之说;夏阳为古地名,故城在今陕西韩城市东。潍水,源出山东莒县之箕屋山,东北流经山东昌邑市入海。信引兵击齐,楚使龙且救齐,信与战于潍水上,大破之,杀龙且。
② 击楚,谓信以兵会汉王击破楚兵于荥阳以南京、索间。破代,谓信破陈余将夏说于代而禽之。
③ 项羽三分关中,王秦降将章邯为雍王,王咸阳以西;司马欣为塞王,王咸阳以东至河;董翳为翟王,王上郡:是为三秦。汉王听信,以兵定三秦,《史记》信传只有"定三秦"三字。
④ 部署,分部而署置。汉王听信策,部署诸将,以定三秦。
⑤ 事见《左传·僖公十五年》。韩,晋地,在今山西河津、万泉之间。卜,掌龟卜者。徒父,秦掌龟卜者名。左氏纪韩之战,秦伯以战事问徒父,徒父对后,即接"三败及韩"四字。
⑥ 重腿,肿病。

方苞文

其详载武涉、蒯通之言①,则微文以志痛也。方信据全齐,军锋震楚、汉,不忍乡利倍义,乃谋畔于天下既集之后乎?其始被诬,以"行县,陈兵出入"耳,②终则见绐被缚,斩于宫禁。未闻谳狱而明征其辞,所据乃告变之诬耳。其与陈豨辟人挈手之语,孰闻之乎?列侯就第,无符玺节箓,而欲"与家臣夜诈诏,发诸官徒奴",孰听之乎?③信之过,独在请假王④与约分地而后会兵垓下⑤。然秦失其鹿,

---

① 武涉,盱眙人,信已败龙且,项羽恐,使涉说信,欲与连和,信不听。蒯通,范阳人,说信背汉,信亦不纳。
② 项羽即亡,高祖封信为楚王,信之国,行县邑,陈兵出入。人有上书告信反者,陈平为高祖画策,伪欲游云梦,至陈,信来谒,因禽之。
③ 绐,dài,通"诒",欺诳。宫禁,指宫殿之内。谳,yàn,平议罪狱。陈豨,汉宛句人,事高祖,以郎中封列侯,监赵、代边兵。辟,通"避"。高祖既在陈禽信归,旋数为淮阴侯,信由此怨望,会陈豨拜巨鹿守,信挈其手辟左右与语,汉十一年,豨反,高祖往征之,或上变告信欲反,吕后诈令入朝,缚斩长乐宫钟室,事详信传。
④ 假王,权时为王。汉四年,韩信定齐地,使人言于汉王,谓齐边楚,反覆之国,请为假王以镇之。汉王大怒,张良、陈平蹑王足,附耳语王,不如因而立之,以免生变,王悟,乃令良往立信为齐王。
⑤ 分,fēn,分地,益地之分。垓下,今安徽灵璧县东南有垓下聚,即汉高祖围项羽处。汉王追项羽,因信等不来会兵,仍难取胜,王乃从张良计,许信以陈东附海之地,信乃以兵至。

欲逐而得之者多矣①。蒯通教信以反，罪尚可释；况定齐而求自王，灭楚而利得地，乃不可末减乎？故以通之语终焉。

书孝妇魏氏诗后

古者，妇于舅姑服期②。先王称情以立文③，所以责其实也。妇之爱舅姑，不若子之爱其父母，天也。苟致爱之实，妇常得子之半，不失为孝妇。古之时，女教④修明，归于舅姑，内诚则存乎其人，而无敢显为悖者。盖入室而盥馈⑤，以明妇顺；三月而后反马⑥，示不当于舅姑而遂逐也。终其身荣辱去留，皆视其事舅姑之善否，而夫之宜不宜不与焉。

---

① 《汉书·蒯通传》："秦失其鹿，天下共逐之。"盖以鹿喻天子之位。
② 期，jī，一年之服。
③ 称情以立文，语本《礼记·三年问》，原文"以"作"而"，称人之情轻重而制其礼。
④ 《礼记·昏义》："是以古者妇人，先嫁三月……教以妇德、妇言、妇容、妇功。"校订者按："昏义"之"昏"通"婚"。
⑤ 盥，guàn，洗手。进食于尊长曰馈。
⑥ 古时大夫以上之昏礼，送女留其送马，谦不敢自安，若被出弃，即乘之以归。至三月庙见，夫家乃遣使反马，以示夫妇之情已固，可与偕老，不复归也。

惟大为之坊①，此其所以犯者少也。近世士大夫百行不怍②，而独以出妻为丑，闾阎化之，由是妇行放佚而无所忌，其于舅姑以貌相承而无勃谿③之声者，十室无二三焉，况责以诚孝与？妇以类己者多而自证，子以习非者众而相安，百行之衰，人道之所以不立，皆由于此。

广昌④何某妻魏氏刲肱求疗其姑⑤，几死。其事虽人子为之，亦为过礼，而非笃于爱者不能。以天下妇顺之不修，非绝特之行不足以振之，则魏氏之事岂可使无传与！

抑吾观节孝之过中者，自汉以降始有之，三代之盛未之前闻也。岂至性反不若后人之笃与？盖道教⑥明而人皆知夫义之所止也。后世人道衰薄，天地之性有所壅遏不流，其郁而钟于一二人者，往往

---

① "坊"通"防"，防范。
② 行，xíng，行为，下"百行"之"行"亦同。怍，zuò，惭愧。
③ 勃谿，反戾，《庄子·外物》："室无空虚，则妇姑勃谿。"勃，斗争；谿，空虚。无空虚以容其私，则反戾共斗争。
④ 广昌，江西县名。
⑤ 刲，kuī，刲肱，割臂肉以饵之。疗，医治。
⑥ 道教，谓道德教化。

发为绝特之行而不必轨①于中道,然用以矫枉扶衰,则固不可得而议也。魏氏之舅官京师,士大夫多为诗歌以美之,余因发此义以质后之人。

与王昆绳书②

苞顿首:自斋中交手,未得再见。接手书,义笃而辞质,虽古之为交者,岂有过哉!苞从事朋游间近十年,心事臭味相同③,知其深处,有如吾兄者乎?

出都门运舟南浮,去离风沙尘埃之苦,耳目开涤④;又违膝下色养久⑤,得归省视,颇忘其身之贱贫。独念二三友朋乖隔异地,会合不可以期,梦中时时见兄与褐夫⑥辈抵掌今古,酣嬉笑呼,觉而怛

---

① 轨,遵循之意。
② 王昆绳,大兴人,名源,一字或庵,康熙举人,少任侠,喜言兵,从魏禧游,为文规模秦汉,有《居业堂文集》。
③ 臭味相同,言气类相同,《易·系辞》:"同心之言,其臭如兰。"
④ 涤,dí,洗濯去垢。
⑤ 以和颜悦色孝养父母曰色养。言久远父母。
⑥ 褐夫,戴名世号。

然，增离索之恨。①

苞以十月下旬至家，留八日，便饥驱宣、歙间②，入泾河③，路见左右高峰刺天，水清冷见底，崖岩参差万叠，风云往还，古木、奇藤、修篁郁盘有生气，聚落④居人，貌甚闲暇。因念古者庄周、陶潜之徒⑤，逍遥纵脱，岩居而川观，无一事系其心，天地、日月、山川之精，浸灌胸臆，以郁其奇，故其文章皆肖以出。使仆于此间得一亩之宫，数顷之田⑥，耕且养，穷经而著书，胸中豁然，不为外物侵乱，其所成就未必遂后于古人。乃终岁仆仆⑦，向人索衣食；或山行水宿，颠顿怵迫；或胥易技系⑧，束

---

① 怛然，伤感。离索，离群索居，言与友人分散，《礼记·檀弓》："吾离群而索居，亦已久矣。"
② 宣、歙，宣城、歙县，两地名，在安徽。
③ 泾河，在安徽。
④ 聚落，村落。
⑤ 庄周，战国蒙人，学无所不窥，著书名《庄子》。陶潜，晋浔阳人，一名渊明，字元亮，性高尚，家贫乐道，世称靖节先生。
⑥ 顷，土地面积单位，田百亩。
⑦ 仆仆，烦猥貌，言不得安居。
⑧ 胥，徒民给徭役者。易，治。胥易，谓胥徒供役治事。技系，若《礼记·王制》"凡执技以事上者，不贰事，不移官"，为技所系。胥易技系，语见《庄子·应帝王》。

缚于尘事，不能一日宽闲其身心。君子固穷，不畏其身辛苦憔悴；诚恐神智滑昏，学殖①荒落，抱无穷之志而卒事不成也。

苞之生二十六年矣，使蹉跎②昏忽，常如既往，则由此而四十五十，岂有难哉！无所得于身，无所得于后，是将与众人同其蔑蔑③也。每念兹事，如沉痾④之附其身，中夜起立，绕屋徬徨，仆夫童奴怪诧⑤不知所谓。苞之心事，谁可告语哉！吾兄其安以为苞策哉？

吾兄得举⑥，士友间鲜不相庆，而苞窃有惧焉。退之云："众人之进，未始不为退。"愿时自觉也！苞迩者欲穷治诸经，破旧说之藩篱⑦，而求其所以云之意；虽冒雪风，入逆旅⑧，不敢一刻自废。日月迅

---

① 学殖，言学业、学问，《左传·昭公十八年》："夫学，殖也，不殖将落。"殖，生长。
② 蹉跎，逡循失时。
③ 蔑蔑，无也，犹言默默无闻。
④ 沉痾，病深重也。
⑤ 诧，chà，惊异之词。
⑥ 王源以康熙三十二年中式举人。
⑦ 藩篱，障蔽之意。
⑧ 逆旅，客舍。

迈，惟各勖励，以慰索居！苞顿首。

与刘言洁书①

仆北发时，曾寓书褐甫以问，未得息耗②，心常悬悬③。仆以四月中旬至京师，曩者南中故交，分散殆尽；出见诸少年佻达轻靡④，争玩细娱，逐微利，终日群居，漫为甘言鄙词以相悦，仆于其间，嗫不得发声。因念与吾兄同在京师时，见时辈剽窃浮华，以干时誉，⑤蹶蹶⑥然恶之，不谓今之所见，更异于昔也。

五月中去京师，授经涿鹿⑦，所居左山右城，冈

---

① 言洁，无锡人，名齐，康熙二十五年，以选贡入太学，由教习官学生，议叙州佐。
② 息耗，消息。
③ 悬悬，惦念貌。
④ 佻，轻儇跳跃之貌。达，放恣，《诗经·郑风·子衿》："挑兮达兮。"轻靡，不庄重。
⑤ 剽窃，袭取之意。干，求取。
⑥ 蹶蹶，惊动貌。
⑦ 涿鹿，清涿州，今河北省张家口市涿鹿县。苞于康熙三十二三年，皆馆于涿。

峦盘纡①，草树蓊翳②，四望无居人，鸟鸣风生，飒然③如坐万山之中，平生所乐，不意于羁旅得之。暇时登城，遥望太行、西山④，气色千变；下视老农，引泉灌畦⑤，天全而气纯，意欣然慕之。因悟十年来好古学文，辛苦勤厉，古人或无以过；而所得未有若古人之可以久而不亡者，道之不闻而不有诸身之过也。道之不闻而其言传，自古至今未有一得者也。身则无是而强为闻道之言，则其出也不能如其心，而其传也，人能知其伪。即以仆身言之：去膝下色养而思以所得于外者为亲荣，皆古人所明戒而躬自蹈之。其他行身处世，道载古圣贤人之书，口则诵之，心则知之，而行则背之者甚众。如此而不悔悟，不独古圣贤人所羞，虽欲其身无愧于山农野人，将不可得；既以自惧，亦愿吾子之思之也！

---

① 峦，山小而锐者。盘纡，犹屈曲。
② 蓊翳，草木荫蔽。
③ 飒，sà，飒然，风声。
④ 太行，太行山，连亘河南、山西及河北。西山，太行支脉，在今北京西部。
⑤ 畦，qí，田一区曰一畦。

方苞文

仆先世有遗田二百亩,在桐山①之阳,岁入与佃者②共之,故不足给衣食。使能身负耒耜③,艺④麻菽,畜鸡豚,便可赡朝夕之养,伏隩⑤潜深,而疲疴叠婴⑥,筋骨脆委⑦,不能任力作;独行远游,乞食自活,窘若佣隶,有终身不息之役。闻子之乡有先民遗风,子弟敦朴,傥为招学子数人,稍有所资,以释家累;且息于近地,渐可为归山之谋。君子成人之美,况吾兄爱我甚厚,当不以为后图!苞顿首。

与孙以宁书

昔归震川尝自恨足迹不出里闬⑧,所见闻无奇

---

① 桐山,在安徽。
② 佃者,代耕农。
③ 耒耜,田器,耜以起土,耒为其柄,古以木为之,后易以铁。
④ 艺,种植。
⑤ 隩,水边曲处,此作深曲解。
⑥ 犹言屡屡患病。
⑦ 脆委,薄弱之意。
⑧ 归震川,明昆山人,名有光,字熙甫,尝居嘉定安亭江上,读书讲学,学者称震川先生。工古文,本于经术,法度谨严,为明代大家。闬,hàn,里门。

节伟行可纪。承命为征君作传①，此吾文所托以增重也，敢不竭其愚心！所示群贤论述，皆未得体要。② 盖其大致，不越三端：或详讲学宗指，及师友渊源；或条举平生义侠之迹；或盛称门墙广大，海内向仰者多。此三者，皆征君之末迹也，三者详而征君之志事隐矣。

古之晰③于文律者，所载之事，必与其人之规模相称。太史公传陆贾，其分奴婢装资，琐琐者皆载焉。若萧、曹世家而条举其治绩，则文字虽增十倍，不可得而备矣。故尝见义于《留侯世家》曰："留侯所从容与上言天下事甚众，非天下所以存亡，故不著。"此明示后世缀文之士以虚实详略之权度也④。宋、元诸史⑤，若市肆簿籍，使览者不能终篇，坐此义不讲耳。

---

① 征君，即孙奇逢，传录后。
② 言对于征君之论述。
③ 晰，明白。
④ 缀文，连缀字句以成文。权，秤锤；度，丈尺，所以知物之轻重长短，喻文之贵有义法。
⑤ 《宋史》，元脱脱等撰。《元史》，明宋濂等撰。

方苞文

征君义侠，舍杨、左①之事，皆乡曲②自好者所能勉也；其门墙广大，乃度时揣己，不敢如孔、孟之拒孺悲、夷之③，非得已也；至论学，则为书甚具；故并弗采著于传上，而虚言其大略。昔欧阳公作《尹师鲁墓志》，至以文自辨，④而退之之志李元宾，至今有疑其太略者。⑤夫元宾年不及三十，其德未成，业未著，而铭辞有曰："才高乎当世，而行出乎古人。"则外此尚安有可言者乎？

仆此传出，必有病其太略者。不知往者群贤所述，惟务征实，故事愈详，而义愈狭；今详者略，实者虚，而征君所蕴蓄，转似可得之意言之

---

① 杨、左事，详后《孙征君传》。
② 乡曲，谓处僻地，以其偏在一隅，故称。
③ 孺悲，鲁人，尝学士丧礼于孔子，《论语》："孺悲欲见孔子，孔子辞以疾。"夷之，治墨翟之道者，欲见孟子，孟子拒之，事见《孟子》。
④ 尹师鲁，名洙，宋河南人，为古文，简而有法，世称河南先生。师鲁为欧阳修至友，修为作墓志铭，甚为著意，有议其详略不当、措词不合者，修乃作《论尹师鲁墓志》以辨之。
⑤ 李元宾，名观，客死于京师，年二十九岁。韩愈为墓铭，仅一百五十七字，人有疑其太略者。

外;他日载之家乘①,达于史官②,慎毋以彼而易此!惟足下的然③昭晰,无惑于群言,是征君之所赖也,于仆之文无加损焉。如别有欲商论者,则明以喻之!

与孙司寇书④

朔后一日薄暮,书吏送秋审⑤册到。仆以讨论"三礼"及阅庶常课艺事方殷⑥,未得到班。次日薄暮,书吏持审单至。见云南绞犯吴友柏改缓决。随翻供招:衅自友柏起,既迫杀亲兄之子,并伤寡嫂左右手及族弟。穷凶极恶,万无可原!夫圣人不得已而有刑戮,岂惟大义,实由至仁。盖致天讨于

---

① 家乘,家谱。
② 谓异日应史官征求而上之之时。
③ 的然,明白之意。
④ 孙司寇,清太原人,字锡公,号懿斋。官至刑部尚书,后转吏部,负直声,屡踬屡起,研精理学,以躬行为本,卒谥文定。
⑤ 各省死罪人犯,每岁审拟,分情实、缓急、可矜三项报部,八月内刑部会九卿各官详核分拟,请旨裁定,谓之秋审。
⑥ 三礼,《周官》《仪礼》《礼记》。乾隆元年,苞充三礼义疏馆副总裁。庶常,官名,亦称庶吉士,清有庶常馆,乾隆二年,苞为教习庶吉士。

有罪①,则不敢不杀;哀民彝②之泯绝,则不忍不杀。所谓"刑期无刑""辟以止辟"也③。

自古典刑之官,皆以刻深为戒;故宅心④仁厚者,不觉流于姑息⑤。又其下则谓脱人于死,可积阴德以遗子孙。不知纵释凶人,岂惟无以服见杀者之心,而丑类恶物由此益无所忌,转开闾阎忍戾之风。是谓引恶,是谓养乱,非所谓迈种德也⑥。

昔虞舜"刑故无小"⑦,其命官曰"怙终贼刑"⑧。而皋陶⑨称之曰:"好生之德,洽于民心。"周公东

---

① 《尚书·皋陶谟》:"天讨有罪,五刑五用哉。"
② 民彝,彝,yí,常也,民之常道。
③ 《尚书·大禹谟》:"刑期于无刑。"又《尚书·君陈》:"辟以止辟,乃辟。"言以杀止杀。辟,pì,刑法。
④ 宅心,存心。
⑤ 姑息,《礼记·檀弓》:"细人之爱人也以姑息。"姑谓妇女,息谓小儿,言以妇人、小儿待之,不多责备。
⑥ 迈,行也。种,布也,此句言非谓布行其德。《尚书·大禹谟》:"皋陶迈种德,德乃降。"
⑦ 语见《尚书·大禹谟》。故,故犯,故犯则虽小必刑。
⑧ 语见《尚书·舜典》。怙,仗恃,言怙恶不改,若将终身。
⑨ 皋陶,舜时刑官。

征^①，破斧缺斨^②。东人歌思，以为"哀我人斯，亦孔之将"^③。执事以儒者操事柄，望布大德，勿以小惠为仁；即改前议，仍所谳^④为情真。若有人祸天刑，皆归于仆，死者亦于公无怨也。望勿以为过言而弃之!

送王箬林南归序^⑤

余与箬林交益笃，在辛卯、壬辰间。前此箬林家金坛^⑥，余居江宁^⑦，率历岁始得一会合。至是，余以《南山集》牵连系刑部狱^⑧，而箬林赴公车^⑨，间

---

① 东征，语见《尚书·大禹谟》。武王崩，管叔、蔡叔、霍叔以武庚叛，又淮夷亦叛，故周公旦东征。
② 斨，qiāng，斧受柄处，其孔方者为斨。《诗经·豳风·破斧》："既破我斧，又缺我斨。"斧斨为常用之具，以喻礼义，言管、蔡坏礼义，流言反叛。
③ 语即见《破斧》章。孔，甚也，将，大也，言周公哀我人民，其德亦甚大。
④ 谳，见《书〈淮阴侯列传〉后》。
⑤ 箬，ruò，箬林，清金坛人，名澍，号虚舟，康熙壬辰进士，官吏部员外郎。
⑥ 金坛，今江苏省常州市金坛区。
⑦ 江宁，今江苏省南京市江宁区。
⑧ 详下《狱中杂记》注。
⑨ 汉时征召贤逸，其应征者皆由公家以车递送，因置公车官，诸待诏者居官署以待命，清时因称举人入京会试为公车。

一二日必入视余。每朝餐罢，负手步阶除，则篛林推户而入矣。至则解衣盘薄①，咨经诹史②，旁若无人。同系者或厌苦，讽余曰："君纵忘此地为圜土③，身负死刑，奈旁观者姗笑④何？"然篛林至，则不能遽归，余亦不能畏訾謷⑤而闭所欲言也。

余出狱，编旗籍⑥，寓居海淀⑦。篛林官翰林，每以事入城，则馆其家。海淀距城往返近六十里，而使问朝夕通，事无细大必以关⑧，忧喜相闻，每阅月逾时，检篛林手书必寸余。

戊戌春，忽告余归有日矣。余乍闻，心忡惕⑨，

---

① 盘薄，箕坐。
② 谘、诹，皆询问义。诹，zōu。
③ 狱称圜土，筑土表墙，其形圜。
④ 姗，shān；姗笑，非笑。
⑤ 訾謷，zǐ áo，诋毁。
⑥ 清时满洲户口，以兵籍编制，分正黄、正白、正红、正蓝、镶黄、镶白、镶红、镶蓝八旗。汉族之归附者名曰汉军，亦分八旗。康熙十二年，南山案决，苞出狱，编其籍于汉军为奴，雍正元年，赦归原籍。
⑦ 淀，diàn，海淀，地名，在北京城西北，即畅春、圆明、颐和三园所在之处，亦称海甸。
⑧ 关，告诉。
⑨ 忡惕，惊惧貌。

若暝行驻乎虚空之径，四望而无所归也。筼林曰："子毋然！吾非不知吾归，子无所向，而今不能复顾子。且子为吾计，亦岂宜阻吾行哉！"

筼林之归也，秋以为期，而余仲夏出塞门，数附书问息耗而未得也。今兹其果归乎？吾知筼林抵旧乡，春秋佳日与亲懿①游好徜徉山水间，酣嬉自适，忽念生平故人有衰疾远隔幽、燕②者，必为北乡惆然③而不乐也。

送左未生南归序④

左君未生与余未相见，而其精神志趣、形貌辞气，早熟悉于刘北固、古塘⑤及宋潜虚⑥；既定交，潜虚、北固各分散。余在京师及归故乡，惟与未生游处为久长。北固客死江夏⑦。余每戒潜虚：当弃声

---

① 亲懿，言至亲，《左传·僖公二十四年》："如是，则兄弟虽有小忿，不废懿亲。"
② 幽燕，指今北京、天津与河北北部及辽宁一带。
③ 乡，通"向"。惆，chóu，惆然，不乐貌。
④ 左未生，清桐城人，名待。
⑤ 刘北固，名辉祖；古塘，北固弟，名捷，均江宁举人。
⑥ 宋潜虚，即戴名世，以获罪伏法，故讳之。
⑦ 江夏，今湖北省武汉市江夏区。

利，与未生归老浮山①，而潜虚不能用，余甚恨之。

辛卯之秋，未生自燕南附漕船②东下，至淮阴③始知《南山集》祸作，而余已北发。④居常自怼⑤曰："亡者则已矣，其存者遂相望而永隔乎？"己亥四月，余将赴塞上，而未生至自桐⑥。沈阳范恒庵⑦高其义，为言于驸马孙公⑧，俾偕以就余。既至上营，八日而孙死，祁君学圃馆焉⑨。每薄暮公事毕，辄与未生执手溪梁间。因念此地出塞门二百里，自今上⑩北巡建行宫⑪始，二十年前此盖人迹所罕至也。余生长东南，及暮齿⑫而每岁至此

---

① 浮山，在今安徽省枞阳县东乡，为本地名胜。
② 漕船，由水道转军粮米者。
③ 淮阴，今江苏省淮安市。
④ 言被南山案株连，解至京师。
⑤ 怼，duì，怨恨。此言未生之怼。
⑥ 桐，即桐城。言来见苞。
⑦ 沈阳，清盛京。范恒庵，沈阳人，名不详。
⑧ 驸马，本官名，魏晋后尚公主者皆拜驸马都尉，世人因称帝婿为驸马。孙公，谓孙承运。
⑨ 祁学圃，未详。馆，谓舍未生。
⑩ 今上，谓清圣祖。
⑪ 行宫，天子出行时所居者，清圣祖屡巡热河，因于其地建行宫。
⑫ 暮齿，衰年。

涉三时，其山川物色久与吾精神相凭依，异矣！而未生复与余数晨夕于此，尤异矣！盖天假之缘，使余与未生为数月之聚，而孙之死，又所以警未生而速其归也。

夫古未有生而不死者，亦未有聚而不散者。然常观子美之诗，及退之、永叔之文，一时所与游好，其人之精神志趣、形貌辞气，若近在耳目间，是其人未尝亡，而其交亦未尝散也。余衰病多事，不可自敦率①。未生归，与古塘各修行著书，以自见于后世，则余所以死而不亡者有赖矣，又何必以别离为戚戚②哉！

送李雨苍序

永城③李雨苍力学治古文，自诸经而外，遍观周、秦以来之作者而慎取焉。凡无益于世教、人心、政法者，文虽工不列也；言当矣，犹必其人之

---

① 敦率，谓厚自督率。
② 戚戚，忧伤貌。
③ 永城，今河南省永城市。

可。故虽扬雄氏①无所录;而过以余之文次焉②。

余故与雨苍之弟畏苍交,雨苍私论并世之文,舍余无所可,而守选③逾年,不因其弟以通世也。雍正④六年,以建宁⑤守承事来京师,又逾年终不相闻。余因是意其为人必笃自信而不苟以悦人者,乃不介而过之,一见如故旧。得余《周官》之说⑥,时辍其所事而手录焉。以行之速,继见之难,固乞余言。余惟古之为交也,将以求益也。雨苍欲余之有以益也,其何以益余乎?古之治道术者,所学异,则相为蔽而不见其是;所学同,则相为蔽而不见其非。吾愿雨苍好余文而毋匿其非也。

古之人得行其志,则无所为书。雨苍服官,虽历历著声绩,然为天子守大邦,疆域千里,昧爽⑦

---

① 扬雄,字子云,汉人,少好学,长于词赋,著有《太玄》《法言》《方言》等书,以阿附王莽,晚节不终,故儒者鄙之。
② 过,谦辞。次,第列。言取苞之文。
③ 守选,谓在京候选。
④ 雍正,清世宗年号。
⑤ 建宁,属福建省三明市。
⑥ 苞有《周官集注》《周官析疑》等书。
⑦ 昧爽,将明未明之时。

盥沐，质明①而莅事临民，一动一言，皆世教、人心、政法所由兴坏也。一念之不周，一物之不应，则所学为之亏矣。君其并心于所事，而于文则暂辍可也。

孙征君传

孙奇逢，字启泰，号钟元，北直容城②人也。少倜傥③，好奇节，而内行笃修，负经世之略，常欲赫然著功烈，而不可强以仕。年十七，举万历④二十八年顺天乡试。先是高攀龙、顾宪成讲学东林⑤，海内士大夫立名义者多附焉。及天启⑥初，逆奄魏忠贤得政⑦，叨⑧秽者争出其门，而目东林诸君

---

① 质明，天明时，《礼记·礼器》："质明而始行事。"
② 容城，今河北省容城县，旧属直隶，在北部，故曰北直。
③ 倜傥，tì tǎng，不羁貌。
④ 万历，明神宗年号。
⑤ 高攀龙、顾宪成，皆无锡人，同讲学于东林书院，世称高、顾。
⑥ 天启，明熹宗年号。
⑦ 奄，宦官，俗称太监。魏忠贤，原名进忠。熹宗时擅朝政，残害忠良，思宗立，贬凤阳，遂自缢。
⑧ 叨，通"饕"，贪婪。

子为党①。由是杨涟、左光斗、魏大中、周顺昌、缪昌期次第死厂狱②，祸及亲党，而奇逢独与定兴鹿正、张果中倾身为之，诸公卒赖以归骨，③世所传范阳三烈士也④。

方是时，孙承宗以大学士兼兵部尚书经略蓟、

---

① 目，看待。东林诸人，非议朝政，裁量人物，士大夫皆靡然应和，忠贤忌之，因目为党而诬陷之。
② 杨涟，今湖北广水人，字文孺，别号大中，疏论魏忠贤二十四大罪，为所害，毙于狱。左光斗，桐城人，字遗直，与杨涟协心建议，排阉奴，扶冲主，与涟同毙于狱。魏大中，嘉善人，字孔时，疏劾忠贤结党树威，魏矫旨逮下诏狱，毙之。周顺昌，今苏州吴中区人，字景文，以忤忠贤，为其党诬陷，毙狱中。缪昌期，江阴人，字当时，杨涟劾忠贤，有言涟疏乃昌期代草者，忠贤恨之，藉端逮毙于狱。明成祖置东厂，缉访谋逆妖言等，使奄人领其事，可监禁罪囚，名为厂狱。东林诸人，忠奸糅杂，小人陷害诸正士，因悉指为东林党。
③ 定兴，今河北省定兴县。鹿正，善继父，倾家急杨、左之难，时称鹿太公。张果中，河北新城人。倾身，奋不顾身。魏忠贤诬陷杨、左等，言其受赃。奇逢与鹿正及果中谋，设匦募金援救，得金数千，赍以入都，而杨、左等已先毙；明年，周顺昌被逮，征君营画得金数百，而周复杖毙，乃皆以经纪其丧。
④ 范阳，古郡，容城、定兴、新城等县皆属之，故总称孙、鹿、张三人。

辽^①，奇逢之友归安茅元仪^②，及鹿正之子善继^③，皆在幕府^④。奇逢密上书承宗，承宗以军事疏请入见，^⑤忠贤大惧，绕御床而泣，以严旨遏承宗于中途，而世以此益高奇逢之义。台垣及巡抚交荐^⑥，屡征不起。承宗欲疏请以职方^⑦起赞军事，使元仪先^⑧之，奇逢亦不应也。

其后畿内盗贼数骇，容城危困，乃携家入易州五公山^⑨，门生亲故从而相保者数百家，奇逢为教条，部署守御，而弦歌不辍。入国朝，以国子祭酒

---

① 孙承宗，高阳人，字稚绳，沉毅有智略，尤晓畅兵事。经略，官名，明代用兵时特置，权任极重。蓟、辽，今北京、辽宁等地。时后金在辽东益强盛，天启二年，承宗遂以大学士兼兵部尚书经略蓟、辽。
② 归安，清时与乌程并为浙江湖州府治，今属湖州市吴兴区。茅元仪，字止生，号石民。
③ 善继，字伯顺。
④ 军旅出征，居无常所，以幕帘为府署，是曰幕府。
⑤ 欲乘机劾奏忠贤。
⑥ 台垣，谓谏官。巡抚，官名。明初有军事，命京官巡抚地方，其后各省因事增置，遂为定员。时御史黄宗昌、给事中王正志、巡抚张其平皆上章荐称奇逢。
⑦ 职方，官名，明有职方清吏司。
⑧ 先，为之先容。
⑨ 易州，今河北省易县。五公山，在易县西。

征①，有司敦趣②，卒固辞。移居新安③，既而渡河，止苏门百泉④，水部郎马光裕奉以夏峰田庐⑤，遂率子弟躬耕，四方来学愿留者，亦授田使耕，所居遂成聚。奇逢始与鹿善继讲学，以象山、阳明为宗⑥，及晚年，乃更和通朱子⑦之说。其治身务自刻砥⑧，执亲之丧，率兄弟庐墓侧凡六年。人无贤愚，苟问学，必开以性之所近，使自力于庸行。其与人无町畦⑨，虽武夫悍卒、工商隶圉、野夫牧竖，必以诚意接之，用此名在天下，而人无忌嫉者。方杨、左在难，众皆为奇逢危，而忠贤左右皆近畿人，夙重奇

---

① 国子祭酒，国子监之长官。国子监，官署名，即国学。顺治初，奇逢以此官被征。
② 趣，通"促"，催促。
③ 新安，河北省安新县东。
④ 苏门，山名，在河南辉县西北，一名百门山，为太行支山。百泉，百门泉，源出苏门山，泉通百道。
⑤ 水部郎，属工部之官，掌天下山渎陂池之政令，清末废。马光裕，安邑人，字绳诒，别号止斋。夏峰，苏门山之峰名。
⑥ 象山，宋陆九渊，字子静，讲学于贵溪之象山。阳明，明王守仁，字伯安，尝筑室阳明洞中，世称阳明先生。二人皆为大儒。
⑦ 朱子，宋朱熹。
⑧ 刻砥，刻苦自励之意。
⑨ 町畦，犹界限，《庄子·人间世》："彼且为无町畦。"

逢质行，无不阴为之地者。

鼎革①后，诸公必欲强起奇逢，平凉②胡廷佐曰："人各有志，彼自乐处隐就闲，何故必令与吾侪一辙乎？"居夏峰二十有五年，卒，年九十有二。河南北学者岁时奉祀百泉书院③，而容城与刘因、杨继盛同祀④，保定⑤与孙文正承宗、鹿忠节善继并祀学宫。天下无知与不知，皆称曰夏峰先生。

赞曰：先兄百川⑥闻之夏峰之学者，征君尝语人曰："吾始自分与杨、左诸贤同命⑦，及涉乱离，可以犯死者数矣，而终无恙，是以学贵知命而不惑也。"征君论学之书甚具⑧，其质行学者谱⑨焉，兹

---

① 王者易姓受命，谓之鼎革。《易·杂卦》传："革，去故也；鼎，取新也。"此谓清亡明。
② 平凉，今甘肃省平凉市。
③ 百泉书院，在苏门山麓百泉之左。
④ 刘因，元人，字梦吉，号静修，以学行著。杨继盛，明人，字仲芳，号椒山，以劾奸臣严嵩被害者。二人皆容城人。
⑤ 保定，清为保定府，今河北省保定市清苑区为其旧治。容城旧为保定府属县。
⑥ 百川，名舟，寄籍上元，以制举文名天下。
⑦ 言与杨、左同被陷害，自以为应分之事。
⑧ 奇逢著有《四书近旨》《读易大旨》《书经近旨》《圣学录》《理学宗传》等。
⑨ 谱，籍录，凡记载人物而详列其次序者皆曰谱。

方苞文

故不论,而独著其荦荦大者①。方高阳孙少师②以军事相属,先生力辞不就,众皆惜之,而少师再用再黜,讫无成功。③《易》所谓"介于石,不终日"④者,其殆庶几邪?

白云先生传

张怡,字瑶星,初名鹿征,上元人⑤也。父可大⑥,明季,总兵登、莱⑦,会毛文龙将卒反⑧,诱执巡抚孙元化⑨,可大死之。事闻,怡以诸生授锦衣卫千户⑩。甲申,流贼陷京师。⑪遇贼将,不屈,械系将

---

① 荦,luò,荦荦,事分明貌。《史记·天官书》:"此其荦荦大者。"
② 高阳,河北县。孙少师,即承宗。
③ 承宗凡再起,为忠贤等奸邪所扼,皆无成就。
④ 《易·豫卦》之辞。介于石,谓耿介如石。
⑤ 上元,今南京江宁区。
⑥ 可大,字观甫。
⑦ 登、莱,前山东二府名,今烟台市蓬莱区、莱州市,乃其旧治。
⑧ 毛文龙,仁和人,字镇南,官左都督,以军镇皮岛,骄纵不受节度,崇祯二年,袁崇焕阅兵抵岛,斩之。
⑨ 孙元化,嘉定人,字初阳。
⑩ 锦衣卫,明之禁卫军。千户,官名,元置,明因之,为卫所之官。
⑪ 明末,李自成、张献忠等,聚众虏掠,转徙无常,谓之流贼。崇祯十七年,甲申,贼陷京师,思宗缢,明亡。

肆掠①，其党或义而逸②之。久之始归故里。其妻已前死，独身寄摄山③僧舍，不入城市。乡人称白云先生。

当是时，三楚、吴、越④耆旧多立名义，以文术相高。惟吴中徐昭法、宣城沈眉生⑤躬耕穷乡，虽贤士大夫不得一见其面，然尚有楮墨流传人间⑥。先生则躬樵汲，口不言诗书，学士词人无所求取，四方冠盖往来，日至兹山，而不知山中有是人也。

先君子⑦与余处士公佩，岁时问起居，入其室，架上书数十百卷，皆所著经说及论述史事。请贰之⑧，弗许，曰："吾以尽吾年耳。已市二瓮，下棺

---

① 械系，加罪人以桎梏刑具。肆掠，劫人拷问。
② 逸，纵之使去。
③ 摄山，即今南京市江宁区东北之栖霞山。
④ 旧名江陵为南楚，吴为东楚，彭城为西楚。吴、越，谓江苏、浙江。
⑤ 徐昭法，名枋，号俟斋，崇祯举人，工画，明亡，隐居不出，与沈寿民、巢鸣盛为海内三遗民。宣城，今安徽省宣城市。沈眉生，即寿民，为诸生有声，明亡，隐居讲学以终。
⑥ 楮墨，谓文艺著述，如徐枋有《俟斋集》，沈寿民有《闲道录》等。
⑦ 先君子，苞父仲舒，号逸巢。
⑧ 贰之，谓钞副本。

则并藏焉。"卒年八十有八。平生亲故，夙市良材，为具棺椁。疾将亟，闻而泣曰："昔先将军致命危城，无亲属视含殓，虽改葬，亲身之椑①弗能易也，吾忍乎？"顾视从孙某，趣易棺，定附身衾衣，乃卒。时先君子适归皖桐，反则已渴葬②矣。或曰："书已入圹③。"或曰："经说有贰，尚存其家。"

乾隆三年，诏修《三礼》，求遗书。其从孙某以书诣郡，太守命学官集诸生缮写，久之未就。先生之书，余心向之，而惧其无传也久矣，幸其家人自出之，而终不得一寓目焉。故并著于篇，俾乡之后进有所感发，守藏而传布之，毋使遂沉没也。

记吴绍先求二弟事

吴绍先，山西平阳府稷山县人④。少读书，略解文义。十三丧父，十六丧母。有二弟，季年十一，

---

① 椑，bì，亲身之棺。
② 渴葬，谓不及时月而葬。
③ 圹，墓穴。
④ 平阳府，今废，治所在今山西省临汾市。稷山，县名，在今山西省运城市。

与从兄①偶出，遂绝踪；又数年，仲以博塞失负逃②。绍先负贩以迹之，南出襄、洛③，西历剑州④，东至黑龙江⑤，积十有六年，卒同时而得之。

其求仲也，出塞抵宁古塔⑥豪家，以情请，豪隘⑦之。乃冒公人入军府讼。军吏庇豪，欲威慑绍先，以应对失仪，捶⑧其面，血淋漓。绍先辞愈强直，卒白大帅，持其弟以归。时仲冬沍寒⑨，夜经大卧矶⑩，行者皆堕指。绍先与弟相推挽，顾而曰："此中人未有如我乐者也。"比入塞，爪甲脱烂无存者。至京师，待季偕行。知其事者，争传说公卿贤士间，多就而礼貌之，绍先赧然⑪，若无以容。衣敝履穿，或赠遗，终不受。有与同寓者，闻其哭失

---

① 从兄，谓非同母之兄。
② 博塞，局戏，《庄子·骈拇》："则博塞以游。"失负，赌败。
③ 襄、洛，指湖北、河南。
④ 剑州，今四川剑阁县。
⑤ 黑龙江，省名。
⑥ 宁古塔，地名，在今黑龙江省宁安市。
⑦ 隘，通"阨"，阻遏。
⑧ 捶，击打。
⑨ 沍，hù，沍寒，严寒冻闭之意。
⑩ 大卧矶，关外地名，不详其处。
⑪ 赧，nǎn，赧然，惭而面赤。

声,就视之,则读《鲁论》"父母之年"章①也。

呜呼!人知有父母,则爱其同生。贤人君子,知尊祖则能敬宗而收族②矣。圣人知崇如天③,故能帅④天地之性,视天下疲癃⑤残疾、惸独鳏寡⑥,皆吾兄弟之颠连⑦而无告者。若恩薄于同生,则是不知有父母,人之道不宜有是也。而俗之偷⑧,昧此义者,盖累累焉。故绍先所为,甚庸无奇,而名称以动于时。兹录而传之,亦将使昧者自循省也。

高阳孙文正公逸事

杜先生岕⑨尝言:归安茅止生习于高阳孙少师,

---

① 《论语》本有《齐论》《古论》《鲁论》三种,《齐论》《古论》已佚不传,今所存者,即《鲁论》。"父母之年"章曰:"父母之年,不可不知也,一则以喜,一则以惧。"
② 《礼记·大传》:"亲亲故尊祖,尊祖故敬宗,敬宗故收族。"
③ 言其知崇高如天。
④ 帅,通"率",遵循。
⑤ 疲癃,衰老疾病。
⑥ 惸,qióng,亦作"茕"。惸独,孤苦之人。老而无妻曰鳏,老而无夫曰寡。
⑦ 颠连,困苦。
⑧ 偷,轻薄。
⑨ 杜岕,见《杜苍略先生墓志铭》。

道公天启二年,以大学士经略蓟、辽,置酒别亲宾,会者百人。有客中坐,前席而言曰:"公之出,始吾为国庆,而今重有忧。封疆社稷,寄公一身,公能堪①,备物自奉,人莫之非;如不能,虽毁身家,责难逭②,况俭觳③乎!吾见客食皆凿④,而公独饭粗,饰小名以镇物,非所以负天下之重也。"公揖而谢曰:"先生诲我甚当,然非敢以为名也。好衣甘食,吾为秀才时,固不厌。自成进士,释褐而归⑤,念此身已不为己有,而朝廷多故,边关日骇,恐一旦肩事任,非忍饥劳,不能以身率众。自是不敢适口体,强自勖厉⑥,以至于今,十有九年矣。"

呜呼!公之气折逆奄,明周万事,合智谋忠勇之士以尽其材,用危困疮痍⑦之卒以致其武,唐、

---

① 堪,谓能胜任。
② 逭,huàn,逃避,《尚书·太甲》:"自作孽,不可逭。"
③ 觳,què,瘠薄,《管子·地员篇》:"刚而不觳。"
④ 凿,zuò,通"糳",舂米使精白,《左传·桓公二年》:"粢食不凿。"
⑤ 褐,毛布。旧制,殿试后新进士诣太学行释褐体,言释贱者之服而服官服。
⑥ 勖厉,勉励。
⑦ 疮痍,谓皮肤因伤而开裂。

宋名贤中犹有伦①比；至于诚能动物，所纠所斥，退无怨言，叛将远人咸喻其志，而革②心无贰，则自汉诸葛武侯③而后，规模气象，惟公有焉！是乃克己省身忧民体国之实心自然而忾④乎天下者，非躬豪杰之才而概乎有闻于圣人之道，孰能与于此？然惟二三执政与中枢边境事同一体之人，实不能容。⑤《易》曰："信及豚鱼。"⑥媚嫉之臣乃不若豚鱼之可格⑦，可不惧哉！

左忠毅公逸事⑧

先君子尝言：乡先辈左忠毅公视学⑨京畿，一

---

① 伦，同类。
② 革，改变。言能化其心。
③ 蜀汉封诸葛亮为武乡侯，简称武侯。
④ 忾，通"迄"，至也，《礼记·哀公问》："君行此三者，则忾乎天下矣。"
⑤ 承宗经略蓟、辽，将图大举，请饷二十四万，帝即命所司给之，兵、工二部相与谋曰："饷足，渠即妄为矣。"用文移往复缓之，师竟不果出。
⑥ 豚与鱼，物之难感动者，而信亦能孚之，语见《易·中孚》。
⑦ 格，感动。
⑧ 左忠毅公，即左光斗，弘光时追谥忠毅。
⑨ 视学，谓督学政。

日风雪严寒，从数骑出，微行①入古寺，庑②下一生伏案卧，文方成草，公阅毕，即解貂覆生，为掩户。叩之寺僧，则史公可法③也。及试，吏呼名至史公，公瞿然④注视；呈卷，即面署第一。召入使拜夫人，曰："吾诸儿碌碌⑤，他日继吾志事，惟此生耳。"

及左公下厂狱，史朝夕狱门外，逆阉防伺甚严，虽家仆不得近。久之，闻左公被炮烙⑥，旦夕且死，持五十金，涕泣谋于禁卒，卒感焉。一日，使史更敝衣草屦，背筐⑦，手长镵⑧，为除不洁者。引入，微指左公处，则席地倚墙而坐，面额焦烂不可辨，左膝以下，筋骨尽脱矣！史前跪抱公膝而呜

---

① 微行，微服间行。
② 庑，wǔ，堂外廊。
③ 史公可法，祥符人，籍大兴，字宪之，一字道邻，崇祯进士，北京陷流贼，弘光立于南京，可法以兵部尚书提兵镇扬州，力图兴复，清兵至，不屈死。
④ 瞿然，惊貌。
⑤ 碌碌，无能。
⑥ 炮烙，páo luò，烧炙之酷刑。忠毅被逮，奄党非法拷掠，血肉狼藉。
⑦ 筐，竹编之器。
⑧ 镵，chán，除草土器。

咽①。公辨其声而目不可开，乃奋臂以指拨眦②，目光如炬，怒曰："庸奴！此何地也？而汝来前！国家之事，糜烂至此，老夫已矣！汝复轻身而昧大义，天下事谁可支拄者？不速去，无俟奸人构陷③，吾今即扑杀汝！"因摸地上刑械，作投击势。史噤不敢发声，趋而出。后常流涕述其事以语人曰："吾师④肺肝，皆铁石所铸造也。"

崇祯末，流贼张献忠出没蕲、黄、潜、桐间⑤，史公以凤、庐道奉檄守御⑥。每有警，辄数月不就寝，使将士更休⑦，而自坐幄幕外，择健卒十人，令

---

① 呜咽，泣声。
② 眦，zì，目眶。
③ 谓奸人将诬陷可法。
④ 科举时代，应试得俊者称有司为师，自称门生。史为忠毅督时所取士，故称吾师。
⑤ 流贼，见前《白云先生传》。张献忠，最剧流贼之一，延安卫人，所过屠杀甚惨，后为清肃王所射杀。蕲，qí，今湖北蕲春、浠水二县地。黄，今湖北黄冈市。潜，今安徽潜山县。桐，即桐城。
⑥ 凤，今安徽凤阳县。庐，今安徽合肥市。道，官名，明有分巡道、兵巡道、兵备道等官，崇祯八年，命卢象昇大举讨贼，以可法为副，分巡安庆、庐州。檄，官文书，古用木简，长尺二寸，征召、晓谕、诘责等皆用之。
⑦ 更休，更番休息。

二人蹲踞①而背倚之,漏鼓②移则番代。每寒夜起立,振衣裳,甲上冰霜迸③落,铿然④有声。或劝以少休,公曰:"吾上恐负朝廷,下恐愧吾师也。"史公治兵,往来桐城,必躬造左公第,候太公、太母起居,拜夫人于堂上。余宗老涂山⑤,左公甥也,与先君子善,谓狱中语乃亲得之于史公云。

狱中杂记⑥

康熙五十一年三月,余在刑部狱⑦,见死而由窦出者日四三人。有洪洞令杜君者⑧,作而言曰:"此疫作也。今天时顺正,死者尚稀,往岁多至日十数

---

① 蹲踞,展两足如箕。
② 漏鼓,记时器,报更漏之鼓。
③ 迸,散开。
④ 铿,kēng,铿然,乐声,此指冰霜。
⑤ 同宗辈行最高者曰宗老。涂,又写作"涂",涂山,名文,字尔止,顺治时,隐居江宁,为苞族祖,有《涂山集》。
⑥ 桐城方孝标著书,有悖逆语,戴名世著《南山集》,多采录之,刊版行世,版藏苞家,都谏赵申乔奏其事,九卿会审,名世寸磔,族皆弃市,苞逮入京狱,论绞,后改编旗籍,此即记狱事。
⑦ 刑部狱,属于刑部之监狱。
⑧ 洪洞,今山西洪洞县。杜君盖亦因罪被逮,同系狱中者。

人。"余叩所以,杜君曰:"是疾易传染,遘者虽戚属不敢同卧起;而狱中为老监者四。监五室:禁卒居中央①,牖其前以通明,屋极②有窗以达气;旁四室则无之,而系囚常二百余。每薄暮下管键,矢溺皆闭其中,与饮食之气相薄③;又隆冬贫者藉④地而卧,春气动,鲜不疫矣。狱中成法,质明启钥。方夜中,生人与死者并踵顶而卧,无可旋避,此所以染者众也。又可怪者,大盗积贼,杀人重囚,气杰旺⑤,染此者不一二,或随有瘳。其骈死⑥皆轻系及牵连佐证法所不及者。"

余曰:"京师有京兆狱⑦,有五城御史司坊⑧,何刑部系囚之多至此?"杜君曰:"迩年狱讼情稍重,

---

① 言居五室之中央一室。
② 屋极,屋顶。
③ 薄,bó,切近。
④ 藉,坐卧其上。
⑤ 杰旺,杰悍旺盛。
⑥ 骈死,相比连而死,形容死者之多。
⑦ 京兆系畿辅古称,清名顺天府尹,所管有狱。
⑧ 清时京城中设巡查御史,分东西南北中,故称五城御史。司坊,御史狱。

京兆、五城即不敢专决。又九门提督^①所缉访纠诘，皆归刑部；而十四司正副郎^②好事者，及书吏、狱官、禁卒，皆利系者之多；少有连，必多方钩致。苟入狱，不问罪之有无，必械手足，置老监，俾困苦不可忍；然后导以取保，出居于外，量其家之所有以为剂^③，而官与吏剖分焉^④。中家以上皆竭资取保；其次求脱械，居监外板屋，费亦数十金；惟极贫无依，则械系不稍宽，为标准以警其余。或同系情罪重者，反出在外；而轻者、无罪者罹其毒，积忧愤，寝食违节，及病又无医药，故往往至死。"余同系朱翁、余生^⑤及在狱同官僧某遘疫死，皆不应重罚。又某氏以不孝讼其子，左右邻械系入老监，号呼达旦。余感焉，以杜君言泛^⑥讯之，众言同，于是乎书。

---

① 京城有九门，设官以司诘禁，称为九门提督。
② 十四司，皆属刑部，每司郎中二，满、汉各一人。
③ 剂，调剂，此谓据其家财物多寡而定索贿之多少。
④ 言狱官与胥吏朋分之。
⑤ 朱翁，名书，字子录，宿松人。余生，不详其名字。皆与苞同罪被系者。
⑥ 泛，广泛。

方苞文

　　凡死刑狱上，行刑者先俟于门外，使其党入索财物，名曰斯罗，富者就其戚属，贫则面语之。其极刑，曰："顺我，即先刺心，否则四肢解尽，心犹不死。"其绞缢，曰："顺我，始缢即气绝，否则三缢加别械①，然后得死。"唯大辟无可要，然犹质其首②。用此，富者赂数十百金，贫亦罄衣装，绝无有者，则治之如所言。主缚者亦然③，不如所欲，缚时即先折筋骨。每岁大决，勾者十四三，留者十六七，④皆缚至西市待命。其伤于缚者即幸留，病数月乃瘳，或竟成痼疾。余尝就老胥而问焉："彼于刑者、缚者，非相仇也，期有得耳；果无有，终亦稍宽之，非仁术乎？"曰："是立法以警其余且惩后也；不如此，则人有幸心。"主梏扑者亦然。余同逮以木讯⑤者三人：一人予二十金，骨微伤，

---

① 谓经三缢，犹不令死，再加他种刑具。
② 质，抵押。言留其首以为要挟，如抵押然。
③ 谓行刑前司绑缚者亦然。
④ 大决，秋决。每岁夏历八月，刑部将各死罪人犯，会同九卿详核分拟，请旨定夺，有予勾、免勾之别，予勾者为"勾"，立即施刑，免勾者暂缓为"留"。
⑤ 木讯，加以木制刑具，迫令供招，如夹棍之类。

病间月;一人倍之,伤肤,兼旬愈;一人六倍,即夕行步如平常。或叩之曰:"罪人有无不均①,既各有得,何必更以多寡为差?"曰:"无差,谁为多与者?"孟子曰:"术不可不慎。"②信夫!

部中老胥家藏伪章,文书下行直省③,多潜易之,增减要语,奉行者莫辨也。其上闻及移关诸部④,犹未敢然。功令⑤:大盗未杀人及他犯同谋多人者,止主谋一二人主决,余经秋审⑥,皆减等发配。狱词上,中有立决者,行刑人先俟于门外,命下,遂缚以出,不羁晷刻⑦。有某姓兄弟以把持公仓,法应立决,狱具矣⑧。胥某谓曰:"予我千金,吾生若!"叩其术,曰:"是无难!别具本章,狱词无易,取案末独身无亲戚者二人易汝名,俟封奏时,

---

① 言贫富不等。
② 《孟子·公孙丑》章语。言人之仁不仁,视其所择之术为断,胥吏禁卒,生性非必不仁,特其所择不容不尔,故曰"术不可不慎"。
③ 直省,即各省,以其直辖于中央,故称。
④ 上闻,奏闻君主。移关,转移关白。
⑤ 功令,定律。
⑥ 秋审,每岁八月,刑部会同九卿核定各罪犯之处置。
⑦ 不羁晷刻,言不羁留时刻。
⑧ 言狱词已具,即将呈奏。

潜易之而已。"其同事者曰:"是可欺死者而不能欺主谳者,倘复请之,吾辈无生理矣。"胥某笑曰:"复请之①,吾辈无生理,而主谳者亦各罢去②。彼不能以二人之命易其官,则吾辈终无死道也。"竟行之,案末二人立决。③ 主者口呿舌挢④,终不敢诘。余在狱犹见某姓,狱中人群指曰:"是以某某易其首者。"胥吏一夕暴卒,人皆以为冥谪云。

凡杀人,狱词无谋故⑤者,经秋审入矜疑⑥,即免死,吏因以巧法⑦。有郭四者,凡四杀人,复以矜疑减等,随遇赦将出,日与其徒置酒,酣歌达曙。或叩以往事,一一详述之,意色扬扬,若自矜诩。噫!溷⑧恶吏忍于鬻狱,无责也!而道之不明,良

---

① 谓主谳者见处决非原定之人而奏请之。
② 言主谳者亦将以失察见罪。
③ 前言上闻及移白大部犹未敢然,乃据已往事也,此时之有此事,则因伪不破而奸人益无忌惮之故。
④ 呿,qū,张口。挢,jiǎo,举也。口张舌举,惊貌。
⑤ 谋故,谋杀故杀。
⑥ 审拟罪犯,分情实、缓急、可矜等项,矜疑即情有可矜而罪在疑似之间者。
⑦ 巧法,藉法以行奸巧。
⑧ 溷,xiè,污浊。

吏亦多以脱人于死为功而不求其情①。其枉民②也，亦甚矣哉！

奸民久于狱，与胥卒表里③，颇有奇羡④。山阴⑤李姓以杀人系狱，每岁致数百金。康熙四十八年，以赦出，居数月，漠然⑥无所事。其乡人有杀人者，因代承之⑦。盖以律非故杀，必久系，终无死法也。五十一年，复援赦减等谪戍，叹曰："吾不得复入此矣！"故例：谪戍者移顺天府羁候⑧。时方冬，停遣⑨。李具状，求在狱候春发遣⑩，至再三，不得所请，怅然而出。

---

① 谓良吏亦务救人命而不求事实。
② 使死者含冤，故曰"枉民"。
③ 表里，表里为奸。
④ 奇，jī，奇、羡，皆余剩之意。校订者按：此谓积存的财物。
⑤ 山阴，县名，在山西。
⑥ 漠然，闲逸貌。
⑦ 代承为杀人犯。
⑧ 明建北京，名顺天府，后称京兆。此谓多羁顺天府尹狱，即前所言京兆狱。
⑨ 虽移居京兆狱，以方冬时，往亦不即遣戍所。
⑩ 言求居老监，过冬再移。

方苞文

游潭柘记①

康熙戊戌②夏四月望后七日,余将赴塞上,寓安偕刘生师向过余,会公程可宽信宿③,乃谋为潭柘之游。而从者难之,曰:"道局窄不利行车,穷日未可达也。"少间,云阴合,厉风起,众皆以为疑。寓安曰:"车倍僦④,雨淋漓,诘旦⑤必行。"既就途,果回远⑥,经砠碛⑦,数顿撼。薄暮抵山口,而四望皆荒丘,虽余亦几悔兹行之劳而无得也。

入山一二里,径陡仄,下车步至寺门⑧,而山之面势始出,林泉清淑之气,旷然与人心相得。时日

---

① 潭柘,山名,在京城西,西山之支,三峰连涌,旁有二潭,潭上有古柘,因名。
② 戊戌,康熙五十七年。
③ 言照公文所定期程,尚得稍信住宿以就道。校订者按:信宿,谓两三日。《诗经·周颂·有客》毛传:"一宿曰宿,再宿曰信。"原注以"稍信住宿"解"信宿",误。
④ 僦,jiù,租赁价。
⑤ 诘旦,明晨。
⑥ 回远,迂曲而远。
⑦ 砠,jū,土山戴石为砠。碛,浅水中沙堆。
⑧ 山有寺,即潭柘,金时所建。

已向暝，乃宿寺西堂。质明起，二子披衣攀蹑，穷寺之幽与高；降而左，出寺，循山径东上，求潭柘旧址。泉声随径转，蒠藗①密蒙，如行吴、越溪山中。遇好石，辄列坐淹留②不能进。日将中，从者曰："更迟之，事不逮矣。"余拂衣起，二子相视怅然，计所历于山，得三之二，去潭侧二里，竟不能至也。

昔庄周自述所学，谓与天地精神往来。余困于尘劳，忽睹兹山之与吾神者善也，殆恍然于周所云者。余生山水之乡，昔之日，谁为羁绁③者？乃自牵于俗，以桎梏其身心，而负此时物，悔岂可追邪！夫古之达人，岩居川观，陆沉④而不悔者，彼诚有见于功在天壤，名施罔极，终不以易吾性命之情也。况疲精神于塞浅，而戚戚⑤以终世乎？余老

---

① 蒠、藗，皆草名。
② 淹留，久留。
③ 羁，马络头。绁，马缰。以喻人事之牵绊。
④ 陆沉，《庄子·则阳》："方且与世违，而心不屑与之俱，是陆沉者也。"言人中隐者，譬之无水而沉。
⑤ 戚，缩小貌。

矣，自顾数奇①，岂敢复妄意于此？而刘生志方盛，出而当官；得自有其身者，惟寓安耳。然则继自今，寓安尚可不觉悟哉！

游雁荡记②

癸亥③仲秋望前一日，入雁山，越二日而反，古迹多榛芜不可登探，而山容壁色，则前此目见者所未有也。鲍甥孔巡曰："盍记之？"余曰："兹山不可记也。永、柳④诸山，乃荒陬中一邱一壑，子厚谪居，幽寻以送岁月，故曲尽其形容。⑤若兹山，则浙东西山海所蟠结，幽奇险峭，殊形诡状者，实大且多；欲雕绘而求其肖似，则山容壁色，乃号为名山者之所同，无以别其为兹山之岩壑也。"

---

① 奇，jī，数奇，谓运数乖舛而不相合。
② 雁荡，山名，在浙江乐清市东，峰百有二，谷十，洞八，岩三十，争奇竞胜，游历难遍，雁之春归者留宿焉，故名。
③ 癸亥，乾隆八年。
④ 永，唐州，属今湖南，永州市零陵区为其旧治。柳，唐州，属今广西，柳州市柳江区为其旧治。
⑤ 子厚，柳宗元，为文卓绝，以罪贬永州司马，徙柳州刺史，多记两州景物之作。

而余之独得于兹山者则有二焉：前此所见，如皖桐之浮山①，金陵之摄山②，临安之飞来峰③，其崖洞非不秀美也，而愚僧多凿为仙佛之貌相，俗士自镌名字及其诗辞，如疮痏蹶然④而入人目，而兹山独完其太古之容色以至于今。盖壁立千仞，不可攀援；又所处僻远，富贵有力者无因而至，即至亦不能久留，构架鸠工以自标揭，所以终不辱于愚僧俗士之剥凿也。又凡山川之明媚者，能使游者欣然而乐；而兹山岩深壁削，仰而观俯而视者，严恭静正之心不觉其自动。盖至此则万感绝，百虑冥，而吾之本心乃与天地之精神一相接焉。察于此二者，则修士守身涉世之学，圣贤成己成物之道，俱可得而见矣。

---

① 浮山，见《送左未生南归序》注，山舟形，高不一里，三面临河，上计三十二岩七十二涧，间有险峭幽奇者。
② 摄山，一名栖霞山，在今南京市江宁区东北，高百三十二丈，山多药草，可以摄生，故名。其形方正，四面重岭似伞，又名伞山，中有千佛岩、天开岩、中峰涧、白乳泉诸胜。
③ 飞来峰，在今杭州市灵隐山东南，晋时僧慧理登此山，叹曰："此是中天竺国灵鹫山之小岭，不知何年飞来。"因以为名，而又名灵鹫峰。
④ 痏，wěi，瘢痕。蹶然，惊貌。

方苞文

陈驭虚墓志铭

君讳典，字驭虚，京师人。性豪宕，喜声色狗马，为富贵容，而不乐仕宦。少好方术①，无所不通，而独以治疫为名，疫者闻君来视，即自庆不死。

京师每岁大疫，自春之暮，至于秋不已。康熙辛未，余游京师，仆某遘疫，君命市冰，以大罂②贮之，使纵饮，须臾尽，及夕，和药下之，汗雨注，遂愈。余问之，君曰："是非医者所知也。此地人畜骈阗③，食腥膻④，家无溷匽⑤，污渫弥沟衢，而城河久湮⑥，无广川大壑以流其恶。方春时，地气偾⑦盈上达，淫雨泛溢，炎阳蒸之，中人膈臆⑧，

---

① 方术，如医、卜、星相等。
② 罂，yīng，瓶之大腹小口者。
③ 骈阗，充满。言人畜众多。
④ 膻，通"羶"，羊臭。
⑤ 溷匽，厕所，《庄子·庚桑楚》："观室者周于寝庙，又适其偃焉。"校订者按："偃"与"匽"同。
⑥ 湮，yān，淤塞。
⑦ 偾，fèn，张动。
⑧ 中，zhòng。膈，胸膈。臆，当胸处。

困愯①忿蓄而为厉疫。冰气厉而下渗②,非此不足以杀③其恶。故古者藏冰④用于宾食丧祭,而老疾亦受之,民无厉疾。吾师其遗意也。"

余尝造君,见诸势家敦迫之使麇至⑤,使者稽首阶下,君伏几呻吟固却之。退而嘻曰:"若生有害于人,死有益于人,吾何视为!"君与贵人交,必狎侮,出嫚语相訾謷⑥。诸公意不堪,然独良其方,无可如何。余得交于君,因大理高公⑦,公亲疾,召君,不时至,独余召之,夕闻,未尝至以朝也。

君家日饶益,每出,从骑十余,饮酒歌舞,旬月费千金。或劝君谋仕,君曰:"吾日活数十百人,若以官废医,是吾日杀数十百人也。"诸势家积怨日久,谋曰:"陈君乐纵逸,当以官为维娄⑧,可时

---

① 愯,zōng,困愯,气臭熏鼻不通之谓,《庄子·天地》:"五臭熏鼻,困愯中颡。"
② 渗,shèn,由微孔缓缓下漏。
③ 杀,shài,减削。
④ 《左传·昭公二年》:"日在北陆而藏冰。"北陆,虚宿别名。
⑤ 敦迫,催促就道。麇,qún,麇至,群至。
⑥ 訾謷,诋毁。
⑦ 大理,掌刑法之官。高公,宛平人,名裔,字素侯,由翰林官至大理卿。
⑧ 系马曰维,系牛曰娄。喻为官职束缚,不能自由。

呼而至也。"因使太医院檄取为医士①。君遂称疾笃，饮酒近女，数月竟死。

君之杜门不出也，余将东归，走别君。君曰："吾逾岁当死，不复见公矣。公知吾谨事公意乎？吾非医者②，惟公能传之，幸为我德！"乙亥，余复至京师，君柩果竢③，遗命必得余文以葬，余应之而未暇以为。又逾年，客淮南，始为文以归其孤。君生于顺治某年某月某日，卒于康熙某年某月某日。妻某氏。子某。铭曰：

义从古，迹戾世④。隐于方，尚其志。一愤以死避权势，胡君之心与人异？

杜苍略先生墓志铭

先生姓杜氏，讳岕⑤，字苍略，号些⑥山，湖广黄

---

① 秦、汉有太医令，属少府，主医药，元改太医院，明、清皆因之。檄，xí，古官文书之木简，征召、晓谕皆用之。
② 吾非医者，言素志高尚，不欲以医自鸣。
③ 竢，sì，埋棺坎下。
④ 戾世，不谐于世。
⑤ 岕，jiè。
⑥ 些，suò。

冈人①。明季为诸生,与兄潄②避乱居金陵,即世所称茶村先生也。二先生行身略同而趣各异:茶村先生峻廉隅③,孤特自遂,遇名贵人,必以气折之,于众人未尝接语言,用此丛忌嫉,然名在天下,诗每出,远近争传诵之;先生则退然一同于众人,所著诗歌古文,虽子弟弗示也。

方壮丧妻,遂不复娶。所居室漏且穿,木榻敝帷,数十年未尝易,室中终岁不扫除。有子教授里巷间。窭艰④,每日中不得食,男女啼号,客至无水浆,意色间无几微不自适者。间过戚友,坐有盛衣冠者,即默默去之。行于途,尝避人,不中道与人语,虽儿童厮舆⑤,惟恐有伤也。

初,余大父⑥与先生善,先君子嗣从游,苞

---

① 湖广,湖南、湖北。黄冈,今湖北省黄冈市。
② 潄,字于皇,号茶村,明季诸生,入清,隐居不出,诗文豪健,有《变雅堂集》。
③ 廉隅,品行端正,节操坚确之谓。
④ 窭艰,贫乏困苦。
⑤ 厮舆,贱役。
⑥ 大父,苞之祖,名帜,字汉树,号马溪,岁贡生,有文名,官兴化县学教谕。

与兄百川亦获侍焉。先生中岁道仆,遂跛①,而好游,非雨雪,常独行徘徊墟莽间②。先君子暨苞兄弟,暇则追随,寻花蒔③,玩景光,藉草而坐,相视而嘻,冲然④若有以自得,而忘身世之有系牵也。辛未、壬申间,苞兄弟客游燕、齐⑤,先生悄然不怡,每语先君子曰:"吾思二子,亦为君惜之!"

先生生于明万历丁巳四月初九日,卒于康熙癸酉七月十九日,年七十有七,后茶村先生凡七年,而得年同。所著《些山集》藏于家。其子琰以某年月日,卜葬某乡某原,来征辞。铭曰:蔽其光,中不息也。虚而委蛇⑥,与时适也。古之人与,此其的也⑦。

---

① 跛,bǒ,足偏废。
② 墟莽间,郊野荒旷之地,人迹所罕至者。
③ 蒔,shì,作名词用,草名。
④ 冲然,言胸襟澹远。
⑤ 燕、齐,今北京、天津、河北、山东等处。
⑥ 蛇,yí,委蛇,委曲酬应。
⑦ 的,射侯之中,引申为志所欲达之地。

方姚文

万季野墓表

季野姓万氏,讳斯同,浙江四明①人也。其本师曰念台刘公②。公既殁,有弟子曰黄宗羲梨洲③,浙人闻公之风而兴起者,多师事之,而季野与兄充宗④最知名。

季野少异敏,自束发未尝为时文⑤,故其学博通,而尤熟于有明一代之事。年近六十,诸公以修《明史》,延致京师⑥。士之游学京师者,争相从问古仪法,月再三会,录所闻共讲肄。惟余不与,而季野独降齿德而与余交,每曰:"子于古文信有得矣,

---

① 四明,本山名,在浙江宁波市鄞州区西南一百五十里,人因称鄞为四明。
② 念台刘公,见前《跋石斋黄公手札》注。
③ 黄宗羲,明末余姚人,字太冲,号梨洲,明将亡,奔走营救,未得要领,清初隐居教授,数征不就,其学以濂洛之统,综会诸家,撰述之最著者,有《宋元学案》《明儒学案》,学者称南雷先生。
④ 充宗,名斯大,湛思诸经,尤精《春秋》、"三礼",学者称褐夫先生。
⑤ 束发,成童之年,《大戴礼》:"束发而就大学。"时文,明清两代应试之文,又称八股文。
⑥ 康熙己未修《明史》,徐相国元文延至京师,先生以布衣参史局,徐公罢,继之者张公玉书、陈公廷敬、王公鸿绪,皆延请有加礼。

然愿子勿溺也!唐、宋号为文家者八人①,其于道粗有明者,韩愈氏而止耳,其余则资学者以爱玩而已,于世非果有益也。"余辍古文之学而求经义自此始。

丙子秋,余将南归,要余信宿②其寓斋,曰:"吾老矣,子东西促促,吾身后之事豫以属子,是吾之私也。抑犹有大者:史之难为久矣,非事信而言文,其传不显。李翱、曾巩③所讥魏、晋以后贤奸事迹并暗昧而不明,由无迁、固④之文是也,而在今则事之信尤难。盖俗之偷久矣,好恶因心,而毁誉随之。一室之事,言者三人,而其传各异矣,况数百年之久乎?故言语可曲附而成,事迹可凿空而构;其传而播之者,未必皆直道之行也,其闻而书之者,未必有裁别之识也;非论其世、知其人而

---

① 明茅坤以韩愈、柳宗元、欧阳修、苏洵、苏轼、苏辙、王安石、曾巩之文钞为一编,称唐宋八大家。
② 再宿为信。校订者按:信宿,连宿两夜。
③ 李翱,唐陇西成纪人,字习之,师事韩愈,有《李文公集》。曾巩,宋建昌南丰人,字子固,为唐宋八大家之一,有《元丰类稿》。
④ 迁、固,司马迁与班固,一作《史记》,一作《汉书》。

具见其表里，则吾以为信而人受其枉者多矣。吾少馆于某氏，其家有列朝实录①，吾默识暗诵，未敢有一言一事之遗也。长游四方，就故家长老求遗书，考问往事，旁及郡志、邑乘②、杂家志传之文，靡不网罗参伍③，而要以实录为指归。盖实录者，直载其事与言而无可增饰者也。因其世以考其事，核④其言而平心以察之，则其人之本末可八九得矣。然言之发或有所由，事之端或有所起，而其流或有所激，则非他书不能具也；凡实录之难详者，吾以他书证之，他书之诬且滥者，吾以所得于实录者裁之，虽不敢具谓可信，而是非之枉于人者盖鲜矣。昔人于《宋史》已病其繁芜⑤，而吾所述将倍焉，非不知简之为贵也，吾恐后之人务博而不知所裁，故先为之极，使知吾所取者有可损，而所不取者必非其事与言之真而不可益也。子诚欲以古文为事，则

---

① 实录，史体名称，明、清皆置实录馆，以纪国家之事。
② 邑乘，县志。
③ 网罗，捕鱼鸟之具，引申为搜罗包括之意。参伍，或三或五，以相参合。
④ 核，验证，考事得实之谓。
⑤ 《宋史》，元脱脱等撰，其书仅一代之史，而卷帙几盈五百。

愿一意于斯，就吾所述，约以义法，而经纬^①其文，他日书成，记其后曰：'此四明万氏所草创也。'则吾死不恨矣！"因指四壁架上书曰："是吾四十年所收集也，逾岁吾书成，当并归于子矣。"又曰："昔迁、固才既杰出，又承父学^②，故事信而言文。其后专家之书，才虽不逮，犹未至如官修者之杂乱也。譬如入人之室，始而周其堂寝匽湢焉^③，继而知其蓄产礼俗焉，久之其男女少长性质刚柔轻重贤愚，无不习察，然后可制其家之事也。官修之史，仓卒而成于众人，不暇择其材之宜与事之习，是犹招市人而与谋室中之事耳。吾欲子之为此，非徒自惜其心力，吾恐众人分操割裂，使一代治乱贤奸之迹暗昧而不明。子若不能，则他日为吾更择能者而授之。"季野自志学，即以《明史》自任。其至京师，盖以群书有不能自致者，必资有力者以成之，

---

① 线之直者为经，横者为纬，纵横相错以织成布帛，因谓有秩序而整齐之者曰经纬。
② 司马迁父谈为太史令，迁继父业作《史记》，班固父彪继《史记》作《汉书》，未成，固续成之。
③ 匽，见前《陈驭虚墓志铭》注。湢，bì，浴室。

欲竟其事然后归。及余归逾年而季野竟客死，无子弟在侧，其史稿及群书遂不知所归①。余迍邅轗轲②，于所属史事之大者，既未获从事，而传志之文亦久而未就。戊戌夏六月，卧疾塞上，追思前言，始表而志之，距其殁，盖二十有一年矣！

季野行清而气和，与人交，久而益可爱敬。其殁也，家人未尝讣余③，余每欲赴其家吊问而未得也，故于平生行迹莫由叙列，而独著其所阐明于史法者。季野所撰本纪、列传凡四百六十卷，惟诸志未就。其书具存华亭王氏④，淮阴刘永祯录之过半而未全。后有作者，可取正焉。

---

① 万以康熙壬午夏卒于史局，旁无亲属，编修钱名世以弟子为丧主，兼取其书去。
② 迍，zhūn，亦作"屯"，邅，zhān，迍邅，行不利。轗，kǎn，轲，kě，轗轲，车难进，因借言人之不遇。
③ 讣，以丧告人，详具死者之履历，及生卒月日卜葬之地，凡亲戚僚友皆遍致之。
④ 华亭，今上海市松江区。王氏，王鸿绪。王有《明史稿》三百十卷，乾隆初刊定《明史》，以是稿为本而增损之，此稿实出季野手。

方苞文

宣左人哀辞

左人与余生同郡①,长而客游同方,往还离合逾二十年,而为泛交②。己丑、庚寅间,余频至淮上,左人授徒邗江③。道邗,数与语,始异之。其家在龙山④,吾邑山水奇胜处也。每语余居此之乐,而自恨近六十,犹栖栖⑤于四方。余久寓金陵,亦倦游思还故里,遂以辛卯正月至其家。左山右湖,皋壤⑥如沐,留连信宿,相期匝岁⑦定居于此。而是冬十月,以《南山集》牵连被逮⑧。时左人适在金陵,急余难⑨,与二三骨肉兄弟之友相先后。在诸君子不为异,而余固未敢以望于左人。壬辰夏,余系刑部,左人忽入视,问何以来,则他无所为。将归,谓余

---

① 左人,怀宁县籍,怀宁与桐城,皆属旧安庆府,故曰同郡。
② 泛交,非深交。
③ 邗,hán,邗江,即扬州之运河,因称扬州为邗江,或曰邗上。
④ 桐城市东有大龙、小龙二山。
⑤ 栖栖,犹皇皇,急迫貌。
⑥ 皋壤,平田肥沃。
⑦ 匝岁,周一年。
⑧ 事见前《狱中杂记》。
⑨ 苞被逮,戚友谋偕行者,宣左人荐无为州人宋德辉,往与宋言,宋即许诺,易姓名尾苞后,在途事无违者。

曰："吾附人舟车不自由，以天之道，子无恙，寻当归，吾终待子龙山之阳矣。"及余邀宽法出狱，隶汉军[①]，欲附书报左人，而乡人来言："左人死矣！"时康熙五十二年也。

龙山地偏而俗淳，居者多寿耇[②]，左人父及伯叔皆八九十。左人貌魁然[③]，其神凝然，人皆曰"当得大年"。虽左人亦自谓然，而竟止于此！余与左人相识几三十年，而不相知；相知逾年而余及于难，又逾年而左人死，虽欲与之异地相望，而久困穷，亦不可得。此恨有终极邪！辞曰：

嗟子精爽之炯然兮[④]，今已阴为野土[⑤]。闭两心之所期兮，永相望于终古。川原信美而可乐兮，生如避而死归。解人世之纠缦兮[⑥]，得甘寝[⑦]其何悲？

---

① 宽法，谓蒙宽宥，免置重典。苞先论死，清圣祖素重苞，以减死论，编汉军旗籍。
② 耇，gǒu，老寿。
③ 魁然，高大。
④ 精爽，即精神。炯然，光明貌。
⑤ 阴，通"荫"，瘗藏，《礼记·祭义》："骨肉毙于下，阴为野土。"
⑥ 缦，mò，纠缦，绞索，《史记·屈原贾生列传》："夫祸之与福兮，何异纠缦。"言祸福相为表里，如纠缦绳索相附会。
⑦ 甘寝，谓一瞑不视。

方苞文

武季子哀辞

康熙丙申夏，闻武君商平①之丧，哭而为墓表，将以归其孤。冬十月，孤洙至京师，曰："家散矣！父母、大父母、诸兄七丧，蔑②以葬，为是以来。"叩所学，则经书能背诵矣，授徒某家。冬春间数至，假唐、宋诸家古文，自缮写。首夏，余出塞，返役而洙死已浃日③矣！

始商平有子三人，余皆见其孩提以及成人。长子洛，为邑诸生，卒年二十有四。次子某，年二十有一，将受室而卒。洙其季也。忆洙五六岁时，余过商平，常偕群儿喧聒④左右；少长，抱书从其父往来余家；及至京师，则干躯伟然。予方欲迪⑤之学行，以嗣其宗，而遽以羁⑥死！有子始

---

① 武商平，今江苏南京市溧水区人，名文衡，岁贡生。
② 蔑，无也。
③ 浃日，十天。古代以干支纪日，称自甲至癸一周十日为"浃日"。
④ 聒，guō，语杂声嚣。
⑤ 迪，导而进也。
⑥ 羁，旅寓。

二岁。

商平生故家,而窭艰迫陋,视细民有甚焉。又父母皆笃老烦急,家事凌杂,米盐无几微,辄生瑕衅①。然卒能约身隐情,以尽其恩,而不愆②于义。余每叹其行之难也。而既羸其躬,复札③其后嗣。呜呼!世将绝而后乃繁昌者,于古有之矣,其果能然也邪!洙卒于丁酉十月十日,年二十有一,藁葬④京师郭东江宁义冢。余志归其丧,事有待,先以鸣余哀。其辞曰:

嗟尔生兮震愆⑤,罹百忧兮连延。蹇孤游兮局窄⑥,命支离⑦兮为鬼客。天属尽兮茕茕⑧,羌⑨地下兮

---

① 瑕衅,谓受谴责。
② 愆,过失。
③ 夭死为札。
④ 藁葬,草葬。
⑤ 震愆,命运颠沛之意。
⑥ 蹇,jiǎn,发语词。窄,狭隘。
⑦ 支离,残缺。
⑧ 天属,谓关于天性之亲者。茕茕,忧思。
⑨ 羌,发语辞。

相从。江之干兮淮之汭^①,翳先灵^②兮日延企。魂朝发兮暮可投,异生还兮路阻修。孺子号兮在室,永呵护兮无失!

---

① 汭,ruì,水之隈曲处。
② 先灵,谓其父商平。

姚鼐文

姚鼐文

李斯论①

苏子瞻谓李斯以荀卿之学乱天下②,是不然。秦之乱天下之法,无待于李斯;斯亦未尝以其学事秦。

当秦之中叶③,孝公即位,得商鞅任之④。商鞅教孝公燔《诗》《书》⑤,明法令,设告坐之过⑥,而禁游宦之民⑦。因秦国地形便利⑧,用其法,富强数世,兼并诸侯,迄至始皇⑨。始皇之时,一用商鞅成法而已,虽李斯助之,言其便利,益成秦乱。然使李斯

① 李斯,楚上蔡人,尝从荀卿学帝皇术,西仕于秦,始皇定天下,斯为丞相,定郡县制,下禁书令。
② 苏子瞻,名轼,宋眉山人,尝筑室黄州东坡,号东坡居士。为文纵横奔放,雄视百世,诗飘逸不群,书画亦有名。文引其《荀卿论》一篇而言。荀卿,名况,战国赵人,其学以孔子为标准,倡性恶之说,与孟子性善之旨适相反。
③ 中叶,中世。
④ 商鞅,姬姓,公孙氏,卫之庶子,入秦相孝公变法强国,封于商,号曰商君,因称商鞅。
⑤ 燔,fán,焚烧。
⑥ 告,告奸。坐,连坐。
⑦ 游宦,谓他国之来游以求仕进者。
⑧ 秦地表里山河,关中天府,得高屋建瓴之势。
⑨ 始皇,名政,即并吞六国而得天下者。

不言其便，始皇固自为之而不厌，何也？秦之甘于刻薄而便于严法久矣，其后世所习以为善者也。斯逆探始皇、二世之心①，非是不足以中侈君而张吾之宠，是以尽舍其师荀卿之学，而为商鞅之学；扫去三代先王仁政，而一切取自恣肆以为治，焚《诗》《书》②，禁学士③，灭三代法而尚督责④。斯非行其学也，趋时而已。设所遭值非始皇、二世，斯之术将不出于此，非为仁也，亦以趋时而已。

君子之仕也，进不隐贤。小人之仕也，无论所学识非也，即有学识甚当，见其君国行事，悖谬无义，疾首⑤蹙頞于私家之居，而矜夸导誉于朝廷之上。知其不义而劝为之者，谓天下将谅我之无可奈何于吾君，而不吾罪也。知其将丧国家而为之者，

---

① 逆，迎合。二世，名胡亥，始皇少子。
② 焚《诗》《书》，斯请诸有文学、《诗》、《书》、百家语者，悉诣守尉杂烧之，所不去者，医学、卜筮、种树之书。
③ 禁学士，始皇使御史案问诸生犯禁者，四百六十余人，皆坑之咸阳。
④ 督，察也，察其罪，责之以刑罚为督责。斯上书二世，调督责之术设，则群臣百姓救过不给，何变之敢图？二世因行督责益严。
⑤ 疾首，头痛。

谓当吾身容可以免也。且夫小人虽明知世之将乱，而终不以易目前之富贵，而以富贵之谋，贻天下之乱，固有终身安享荣乐，祸遗后人，而彼宴然无与者矣。嗟乎！秦未亡而斯先被五刑、夷三族也①，其天之诛恶人，亦有时而信也邪！《易》曰："眇能视，跛能履，履虎尾，咥人，凶。"②其能视且履者，倖也，而卒于凶者，盖其自取邪！

且夫人有为善而受教于人者矣，未闻为恶而必受教于人者也。荀卿述先王而颂言③儒效，虽间有得失，而大体得治世之要，而苏氏以李斯之害天下，罪及于卿，不亦远乎！行其学而害秦者，商鞅也；舍其学而害秦者，李斯也。商君禁游宦，而李斯谏逐客④，其始之不同术也，而卒出于同者，岂其本志哉！宋之世，王介甫以平生所学，建熙宁新

---

① 古以墨、劓、剕、宫、大辟为五刑。夷，诛灭。父母、兄弟、妻子为三族。赵高诬斯子李由与楚盗通，拘斯入囹圄，不胜榜掠，诬服，二世二年七月腰斩咸阳市而夷三族。
② 《易·履卦》之辞。眇，目偏盲。跛，bǒ，足偏废。咥，dié，啮咬。言小人窃居高位，擅作威福，卒罹于凶咎。
③ 颂，通"公"，颂言，公言。
④ 谏逐客，始皇即位，逐诸侯之客，李斯亦在逐中，上书谏之。

法。① 其后章惇、曾布、张商英、蔡京之伦②,曷尝学介甫之学耶? 而以介甫之政促亡宋,与李斯事颇相类。夫世言法术之学足亡人国,固也。吾谓人臣善探其君之隐,一以委曲变化从世好者,其为人尤可畏哉! 尤可畏哉!

书《货殖传》后③

世言司马子长④因已被罪于汉,不能自赎,发愤而传《货殖》。余谓不然。盖子长见其时天子不能以宁静淡薄先海内,无校于物之盈绌,而以制度

---

① 王介甫,名安石,介甫其字,博览强记,相宋神宗,谋改革政治,兴农田水利、均输、保甲、免役、市易、保马、方田诸法,号为熙宁新法。惜当时朝臣反对,新进多不称职,卒无效而有弊。熙宁,宋神宗年号。
② 章惇,字子厚,安石秉政,悦其才,用为三司条例官,哲宗即位,废新法,后以惇为尚书仆射兼门下侍郎,惇引用其党蔡京、蔡卞等,尽复新法,人民交怨。曾布,字子宣,安石曾荐引之,哲宗末年,布赞章惇绍述甚力。张商英,字天觉,以章惇荐,擢监察御史,攻击废新法之司马光等,不遗余力。蔡京,字元长,为尚书左仆射,复王安石新法,与弟卞及子攸,狼狈误国,后贬死。
③ 货殖,货财生殖。汉司马迁作《史记》,有《货殖列传》。
④ 子长,司马迁字。迁父谈,为太史公,迁继父业。李陵败降凶奴,武帝怒甚,迁极言陵忠,武帝以迁为陵游说,下腐刑。

防礼俗之末流，乃令其民仿效淫侈，去廉耻而逐利资，贤士困于穷约，素封①僭于君长。又念里巷之徒，逐取十一，行至猥贱；而盐铁、酒酤、均输②，以帝王之富，亲细民之役，为足羞也。故其言曰："善者因之，其次利道之，又次教诲之，整齐之。"③夫以无欲为心，以礼教为术，人胡弗宁？国奚不富？若乃怀贪欲以竞黔首④，恨恨焉思所胜之，用刻剥聚敛、无益习俗之靡，使人徒自患其财，怀促促不终日之虑。户亡积贮，物力调敝，大乱之故，由此始也。故讥其贱以绳其贵，察其俗以见其政，观其靡以知其敝，此盖子长之志也。

---

① 《货殖传》："今有无秩禄之奉，爵邑之入，而乐与之比者，命曰'素封'。"
② 武帝时，兵连不解，县官大空，于是以东郭咸阳、孔仅为大司农丞，领盐铁事，敢私铸铁器鬻盐者，钛左趾，没入其器物。其时设有铁官之郡凡四十，设有盐官之郡凡二十八。武帝天汉三年，初榷酒酤，谓禁民酤酿，独官开置，如道路设木为榷，独取利也。桑弘羊为大司农中丞，管诸会计事，稍稍置均输以通货物，谓诸当输于官者，皆令输其地土所饶，平其所在时价，官更于他处卖之，输者便而官有利也。
③ 四句为《货殖传》中语。
④ 秦始皇时，更名民为黔首。

且夫人主之求利者，固曷极哉！方秦始皇统一区夏①，鞭箠夷蛮，雄略震乎当世。其伺睨牧长寡妇之赀②，奉匹夫匹妇而如恐失其意，呢訾啜汁之行③，士且羞之，矧天子之贵乎？呜呼！蔽于物者必逆于行，其可慨矣夫！

复张君书

辱书，谕以入都不可不速，嘉谊甚荷！以仆骀蹇④，不明于古，不通于时事，又非素习熟于今之贤公卿与上共进退天下人材者，顾蒙识之于侪人之中，举纤介之微长，掩愚谬之大罪，引而掖焉，欲进诸门墙而登之清显，虽微君惠告，仆固愧而仰德久矣。仆闻蕲于己者志也，而谐于用者时也。士或

---

① 区，区域。夏，华夏。
② 睨，nì，斜视。《货殖传》："乌氏倮畜牧……畜至用谷量马牛。秦始皇帝令倮比封君，以时与列臣朝请。而巴蜀寡妇清，其先得丹穴，而擅其利数世，家亦不赀……秦皇帝以为贞妇而客之，为筑女怀清台。"
③ 呢，zú，呢訾，求媚，《楚辞》："将呢訾慄斯，喔咿嚅唲以事妇人乎？"啜汁，沾丐其残液，《史记·魏世家》："啜汁者众。"
④ 骀，dāi，痴愚。蹇，迟钝。

姚鼐文

欲匿山林而羁于绂①冕,或心趋殿阙而不能自脱于田舍,自古有其志而违其事者多矣。故鸠鸣春而隼击于秋,鳣鲔时涸而鲋鲖游②,言物各有时宜也。仆少无岩穴之操,长而役于尘埃之内,幸遭清时,附群贤之末,三十而登第,跻于翰林之署,而不克以居,浮沉部曹③,而无才杰之望,以久次而始迁。值天子启秘书之馆,大臣称其粗解文字,而使舍吏事而供书局,其为幸也多矣。不幸以疾归,又不以其远而忘之,为奏而扬之于上,其幸抑又甚焉。士苟获是幸,虽聋瞶④犹将耸耳目而奋,虽跛躄⑤犹将振足而起也,而况于仆乎?

仆家先世,常有交裾接迹仕于朝者,今者常参官中乃无一人。仆虽愚,能不为门户计耶?孟子曰"孔子有见行可之仕"⑥,于季桓子是也。古之君子,仕非苟焉而已,将度其志可行于时,其道可济

---

① 绂,fú,系印环之绳。
② 鳣,zhān,鲟类。鲔,wěi,同鳣。鲋,fù,鲫鱼。鲖,shàn,鳝鱼属。
③ 浮沉部曹,作者尝由礼部主事迁刑部郎中。
④ 瞶,目无精也。
⑤ 一足偏废曰跛,两足俱废曰躄。
⑥ 语见《孟子》。

于众。诚可矣,虽皇皇以求得之,而不为慕利;虽因人骤进,而不为贪荣。何则?所济者大也。至其次,则守官摅论,微补于国而道不章。又其次,则从容进退,庶免耻辱之大咎已尔。

夫自圣以下,士品类万殊,而所处古今不同势。然而揆之于心,度之于时,审之于己之素分,必择其可安于中而后居,则古今人情一而已。夫朝为之而暮悔,不如其弗为;远欲之而近忧,不如其弗欲。《易》曰:"飞鸟以凶。"①《诗》曰:"卬须我友。"②抗孔子之道于今之世,非士所敢居也;有所溺而弗能自反,则亦士所惧也。且人有不能饮酒者,见千钟百榼③之量而几效之,则溃胃腐肠而不救。夫仕进者不同量,何以异此!是故古之士,于行止进退之间,有跬步④不容不慎者,其虑之长而度之数矣,夫岂以为小节哉!若夫当可行且进之时,

---

① 语见《易·小过》。
② 见《诗经·卫风·匏有苦叶》。卬,我。须,等待。诗言男女必待配耦而相从。
③ 榼,kē,酒器。
④ 跬,kuǐ,跬步,一举足。校订者按:一举足,即半步。

而卒不获行且进者，盖有之矣，夫亦其命然也！

仆今日者，幸依圣朝之末光，有当轴之褒采，踊跃鼓忻以冀进，乃其本心；而顾遭家不幸，始反一年，仲弟先殒，今又丧妇。老母七十，诸稚在抱，欲去而无与托，又身婴疾病以留之，此所以振衣而趑趄①，北望枢斗而俯而太息者也。远蒙教督，不获趋承，虽君子不之责，而私衷不敢安，故以书达所志而冀量察焉。

复鲁絜非书②

桐城姚鼐顿首，絜非先生足下：相知恨少，晚遇先生，接其人，知为君子矣；读其文，非君子不能也。往与程鱼门③、周书昌④尝论古今才士，惟为古文者最少，苟为之，必杰士也，况为之专且善如

---

① 趑趄，行不进也。
② 鲁絜非，今江西省抚州市黎川县人，名九皋，号山木，乾隆进士，官山西夏县知县，著有《山木居士集》。
③ 程鱼门，歙县人，名晋芳，号蕺园，乾隆进士，官吏部主事，以修四库书改编修，著有《勉行斋文》。
④ 周书昌，今济南市历城区人，名永年，乾隆进士，生而好学，弃产营书，学问淹博，四库书馆开，与程、姚皆为纂修官。

先生乎！辱书引义谦而见推过当，非所敢任。鼐自幼迄衰，获侍贤人长者为师友，剽①取见闻，加臆度为说，非真知文、能为文也，奚辱命之哉？盖虚怀乐取者，君子之心；而诵所得以正于君子，亦鄙陋之志也。

鼐闻天地之道，阴阳刚柔而已。文者，天地之精英，而阴阳刚柔之发也。惟圣人之言，统二气之会而弗偏，然而《易》《诗》《书》《论语》所载，亦间有可以刚柔分矣，值其时其人，告语之体，各有宜也。自诸子而降，其为文无有弗偏者。其得于阳与刚之美者，则其文如霆，如电，如长风之出谷，如崇山峻崖，如决大川，如奔骐骥。其光也如杲②日，如火，如金镠③铁。其于人也，如凭高视远，如君而朝万众，如鼓万勇士而战之。其得于阴与柔之美者，则其文如升初日，如清风，如云，如霞，如烟，如幽林曲涧，如沦④，如漾，如珠玉之

---

① 剽，piāo，袭取。
② 杲，gǎo，明亮。
③ 镠，liú，黄金之美者。
④ 沦，水波。

辉，如鸿鹄之鸣而入廖廓。其于人也，漻乎^①其如叹，邈乎其如有思，暖乎^②其如喜，愀乎^③其如悲。观其文，讽其音，则为文者之性情形状举以殊焉。

且夫阴阳刚柔，其本二端，造物者糅^④而气有多寡进绌，则品次亿万，以至于不可穷，万物生焉。故曰："一阴一阳之为道。"^⑤夫文之多变，亦若是也。糅而偏胜可也，偏胜之极，一有一绝无，与夫刚不足为刚、柔不足为柔者，皆不可以言文。

今夫野人孺子闻乐，以为声歌弦管之会尔；苟善乐者闻之，则五音十二律^⑥，必有一当，接于耳而分矣。夫论文者，岂异于是乎？宋朝欧阳、曾公之文，其才皆偏于柔之美者也。欧公能取异己者之长而时济之，曾公能避所短而不犯，观先生之文，殆

---

① 漻，liáo，漻乎，高远貌。
② 暖乎，温和。
③ 愀，qiǎo，愀乎，悲貌。
④ 糅，róu，错杂。
⑤ 语见《易·系辞》。
⑥ 五音，宫、商、角、徵、羽。十二律，黄钟、太簇、姑洗、蕤宾、夷则、无射之六阳律，大吕、夹钟、仲吕、林钟、南吕、应钟之六阴律。

近于二公焉。抑人之学文，其功力所能至者，陈理义必明当，布置取舍、繁简廉肉①不失法，吐辞雅驯不芜而已。古今至此者，盖不数数得。然尚非文之至，文之至者，通乎神明，人力不及施也。先生以为然乎？

惠寄之文，刻本固当见与，抄本谨封还，然抄本不能胜刻者。诸体中书疏、赠序为上，记事之文次之，论辨又次之，鼐亦窃识②数语于其间，未必当也。《梅崖集》③果有逾人处，恨不识其人。郎君、令甥④皆美才，未易量，听所好恣为之，勿拘其途可也。于所寄文，辄妄评说，勿罪！勿罪！秋暑，惟体中安否？千万自爱！七月朔日。

复蒋松如书

久处闾里，不获与海内贤士相见，耳目为之聩

---

① 廉，谓棱角峭厉；肉，谓丰腴润泽。犹言骨肉停匀。
② 识，通"志"，标记。
③ 《梅崖集》，朱仕琇撰，仕琇字斐瞻，号梅崖，乾隆进士。
④ 令甥，陈用光，字硕士，为鲁甥，嘉庆进士，官至礼部左侍郎，师事姚氏，著有《太乙舟文集》。

霿①。冬间舍侄浣江寄至先生大作数篇，展而读之，若麒麟、凤凰之骤接于目，欣忭②不能自已。聊识其意于行间，顾犹恐颂叹盛美之有弗尽；而其颇有所引绳者，将惧得罪于高明，而被庸妄专辄之罪也。乃旋获惠赐手书，引义甚谦，而反以愚见所论为喜。于是鼐益俯而自惭，而又以知君子之衷，虚怀善诱，乐取人善之至于斯也。鼐与先生虽未及相见，而蒙知爱之谊如此，得不附于左右，而自谓草木臭味③之不远者乎？"心乎爱矣，何不谓矣。"④尚有所欲陈说于前者，愿卒尽其愚焉！

自秦、汉以来，诸儒说经者多矣，其合与离固非一途。逮宋程、朱出，实于古人精深之旨，所得为多，而其审求文辞往复之情，亦更为曲当，非如古儒者之拙滞而不协于情也。而其生平修己立德，又实足以践行其所言，而为后世之所向慕。故元、

---

① 霿，méng，昏晦。
② 忭，biàn，喜乐。
③ 《左传·襄公八年》："今譬于草木，寡君在君，君之臭味也。"言气类相同。
④ 二语见《诗经·小雅·隰桑》，原文"何"作"遐"，意与"何"同。言心爱君子，何不遂以告之。

明以来，皆以其学取士。[①]利禄之途一开，为其学者以为进趋富贵而已，其言有失，犹奉而不敢稍违之，其得亦不知其所以为得也，斯固数百年以来学者之陋习也。

然今世学者，乃思一切矫之，以专宗汉学为至，以攻驳程、朱为能，倡于一二专已好名之人，而相率而效者，因大为学术之害。夫汉人之为言，非无有善于宋而当从者也；然苟大小之不分，精粗之弗别，是则今之为学者之陋，且有甚于往者为时文之士，守一先生之说，而失于隘者矣。博闻强识，以助宋君子之所遗则可也；以将跨越宋君子则不可也。鼐往昔在都中，与戴东原[②]辈往复尝论此事，作《送钱献之序》[③]，发明此旨，非不自度其力小而孤，而义不可以默焉耳。先生胸中，似犹有汉学之意存焉，而未能豁然决去之者，故复为极论之。

---

① 朱子《四书章句》，元延祐中，用以取士，明、清因之，悬为令甲。
② 戴东原，名震，休宁人，为《四库全书》纂修官，学长于考辨，而尤精小学，所著书凡二十余种。
③ 《送钱献之序》，见下。

"木铎"之义，苏氏说，《集注》固取之矣，①然不以为正解者，以其对"何患于丧"意少远也。至盆成见杀之《集注》，义甚精当，②先生曷为驳之哉？朱子说诚亦有误者，而此条恐未误也，望更思之。

鼐于蓉庵先生③为后辈，相去甚远，于颖州乃同年耳④。先生谓颖州曰兄，固于鼐同一辈行，而过于谦，非所宜也。客中惟保重，时赐教言为冀。愚陋率达臆见，幸终宥之！

《南园诗存》序⑤

昆明钱侍御沣⑥既丧，子幼，诗集散亡，长白

---

① 《论语》："二三子何患于丧乎？天下之无道也久矣，天将以夫子为木铎。"丧，失位。木铎，金口木舌，施政教时，所以警众之具。苏氏谓天使夫子失位，周流四方，如木铎之徇于道路，其说为朱子《集注》所取。
② 盆成，盆成括，仕齐被杀，孟子讥其小有才，未闻君子之大道，故取杀。《集注》："恃才妄作，所以取祸。"
③ 蓉庵先生，未详。
④ 颖州，即蒋熊昌，字澄川，阳湖人，与姚同举进士，曾任安徽颖州府知府。
⑤ 南园，钱沣别号，参阅下注。
⑥ 昆明，云南省省会。沣，fēng，钱沣，字东注，号南园，乾隆三十六年进士，官御史，有直名。

法祭酒式善、赵州师令君范①为蒐辑，仅得百余首，录之成二卷。侍御尝自号南园，故名之曰《南园诗存》。

当乾隆②之末，和珅③秉政，自张威福，朝士有耻趋其门下以希进用者，已可贵矣。若夫立论侃然④，能讼言⑤其失于奏章者，钱侍御一人而已。今上⑥既收政柄，除慝扫奸，屡进畴昔不为利诱之士，而侍御独不幸前丧，不与褒录，岂不哀哉！

君始以御史奏山东巡抚国泰⑦秽乱，高宗命和珅偕君往治之。君在道衣敝，和珅持衣请君易，君卒辞。和珅知不可私干，故治狱无敢倾陂，得伸

---

① 长白，清府，今为县，属吉林省。法式善，号时帆，蒙古正黄旗人，乾隆四十五年进士，官至国子监祭酒。赵州，清直隶州，今为赵县，属河北省。师范，字荔扉，赵州人，乾隆甲午举人，官安徽望江县知县。令君，知县之称。
② 乾隆，清高宗年号。
③ 和珅，字致斋，清满洲人。高宗宠任之，官至大学士，弄权黩货，吏治大坏，仁宗嘉庆四年，为王念孙纠参，夺职下狱，赐自尽，籍没其家。
④ 侃然，刚直貌。
⑤ 讼言，见《李斯论》注。
⑥ 今上，谓仁宗。
⑦ 国泰，和珅私人，任山东巡抚，亏帑数十万金，事觉，逮京伏法。

姚鼐文

国法。其后君擢至通政副使①,督学湖南,时和珅已大贵,媒孽其短②不得,乃以湖北盐政有失,镌③君级。君旋遭艰④归,服终补部曹⑤。高宗知君直,更擢为御史,使直军机处⑥。君奏和珅及军机大臣常不在直之咎⑦,有诏饬责,谓君言当。和珅益嗛⑧君,而高宗知君贤,不可潛,则凡军机劳苦事,多以委君。君家贫,衣裘薄,尝夜入暮出,积劳感疾以殒。方天子仁明,纲纪犹在,大臣虽有所怨恶,不能逐去,第劳辱之而已。而君遭其困,顾不获迁延数寒暑,留其身以待公论大明之日,俾国得尽其才

---

① 通政副使,清官名,本掌出纳上命,奏报臣民上书、军情消息。自军机处设立,遂为闲曹。
② 媒孽其短,谓欲构成其罪。
③ 镌,juān,削除。时有旨降沣三级。
④ 遭父母丧曰丁艰。
⑤ 部曹,各部郎官。沣服阕,入京补主事。
⑥ 清世宗因用兵西北两路,以内阁在太和门外,虑泄漏事机,始设军需房于隆宗门内,选内阁中书之谨密者,入直缮写,后名军机处。其后凡内外要事,悉综于军机,与汉之尚书省无异。
⑦ 钱奏军机处向来大臣与其职者,萃止其中,用以集思广益,属寮白事,署稿,得有定所。近日和珅、福长安止于如意门外,直庐王杰、董诰止于南书房,并请敕改正。
⑧ 嗛,qiǎn,怀恨。

用,士得尽瞻君子之有为也,悲夫!悲夫!

余于辛卯会试分校①得君,四年而余归,遂不见君。余所论诗古文法,君闻之独喜。君诗尤苍郁劲厚,得古人意。士立身如君,诚不待善诗乃贵。然观其诗,亦足以信其人矣。余昔闻丧,既作诗哭之;今得其集,乃复为序以发余痛云。

《礼笺》序②

有入江海之深广,欲穷探其藏,使后之人将无所复得者,非至愚之人,不为是心也。"六经"之书,其深广犹江海也。自汉以来,经贤士巨儒论其义者,为年千余,为人数十百。其卓然独著、为百世所宗仰者,则有之矣。然而后之人犹有能补其阙而纠其失焉,非其好与前贤异,经之说有不得悉穷,古人不能无待于今,今人亦不能无待于后世,此万世公理也。吾何私于一人哉?大丈夫宁犯天下

---

① 科举时校阅试卷各房官,谓之分校。
② 注解古书为笺,如《诗》有《毛传》《郑笺》是。礼笺,所以注《礼》者。

之所不愜,而不为吾心之所不安。其治经也,亦若是而已矣。

歙金蘂中修撰^①,自少笃学不倦,老始成书。其于《礼经》,博稽而精思,慎求而能断。修撰所最奉者康成^②,然于郑义所未衷^③,纠举之至数四。夫其所服膺者,真见其善而后信也;其所疑者,必核之以尽其真也。岂非通人之用心,烈士之明志也哉!

鼐取其书读之,有窃幸于愚陋夙所持论差相合者;有生平所未闻,得此而俯首悦怿,以为不可易者;亦有尚不敢附者。要之,修撰为今儒之魁俊^④,治经之善轨,前可以继古人,俯可以待后世,则于是书足以信之矣。嘉庆三年五月,桐城姚鼐序。

---

① 歙,shè,歙县,在安徽。金蘂中,名榜,清乾隆三十七年一甲一名进士。修撰,掌修国史,金以进士授此职。
② 康成,东汉大儒郑玄字,所著之书,今存者有《毛诗笺》,《周礼》《仪礼》《礼记》注。
③ 未衷,意不谓善也。
④ 魁俊,才智杰出者。

方姚文

赠钱献之序①

孔子没而大道微,汉儒承秦灭学之后,始立专门,各抱一经,师弟传受,侪偶怨怒嫉妒,不相通晓,其于圣人之道,犹筑墙垣而塞门巷也。久之,通儒渐出,贯穿群经,左右证明,择其长说;及其敝也,杂之以谶纬②,乱之以怪僻猥碎,世又讥之。盖魏晋之间,空虚之谈兴,以清言为高,以章句为尘垢,放诞颓坏,迄亡天下;然世犹或爱其说辞,不忍废也。自是南北乖分,学术异尚,五百余年。唐一天下,兼采南北之长,定为义、疏③,明示统贯,而所取或是或非,未有折衷。宋之时,真儒乃得圣人之旨,群经略有定说;元、明守之,著为功令④。当明佚君⑤,乱政屡作,士大夫维持纲纪,明

---

① 钱献之,名坫,号十兰,今上海嘉定人,累官知乾州,于经史多淹通。
② 谶纬,占验术数之书,后汉颇盛行。
③ 义疏,疏解经义之书,唐孔颖达撰《五经正义》,贾公彦、徐彦、杨士勋等作《周礼》《仪礼》《公羊传》《穀梁传》疏。
④ 功令,谓学者课功,著之于令。
⑤ 明多放佚之君。

守节义，使明久而后亡，其宋儒论学之效哉！

且夫天地之运，久则必变。是故夏尚忠，商尚质，周尚文。学者之变也，有大儒操其本而齐①其弊，则所尚也贤于其故，否则不及其故，自汉以来皆然已。明末至今日，学者颇厌功令所载为习闻，又恶陋儒不考古而蔽于近，于是专求古人名物、制度、训诂、书数，以博为量，以窥隙攻难为功，其甚者欲尽舍程、朱而宗汉之士。枝之猎而去其根，细之蒐而遗其巨，夫宁非蔽与！

嘉定钱君献之，强识而精思，为今士之魁杰，余尝以余意告之而不吾斥也。虽然，是犹居京师厐淆②之间也。钱君将归江南而适岭表③，行数千里，旁无朋友，独见高山大川乔木，闻鸟兽之异鸣，四顾天地之内，寥乎茫乎，于以俯思古圣人垂训教世、先其大者之意。其于余论，将益有合也哉！

---

① 齐，整治。
② 厐淆，杂乱。
③ 岭表，即岭南，谓广东。

方姚文

刘海峰先生八十寿序①

曩者鼐在京师,歙程吏部、历城周编修②语曰:"为文章者,有所法而后能,有所变而后大。维盛清治迈逾前古千百,独士能为古文者未广。昔有方侍郎,今有刘先生,天下文章,其出于桐城乎!"鼐曰:"夫黄、舒③之间,天下奇山水也。郁千余年,一方无数十人名于史传者。独浮屠④之俊雄,自梁、陈以来,不出二三百里,肩背交而声相应和也。其徒遍天下,奉之为宗。岂山川奇杰之气,有蕴而属之邪?夫释氏衰歇,则儒士兴,今殆其时矣!"既应二君,其后尝为乡人道焉。

鼐又闻诸长者曰:"康熙间,方侍郎名闻海外。

---

① 刘海峰,桐城人,名大櫆,字耕南,海峰其号也,古文喜学庄子,尤力追昌黎,为方苞所器重,姚氏继之,三人皆籍桐城,故后有桐城派之目。
② 歙,见《礼笺序》。历城,今山东省济南市历城区。程、周,见《复鲁絜非书》注。
③ 黄,黄山,在安徽歙县西北,有三十六峰。舒,舒城县,在安徽。
④ 浮屠,亦作浮图,皆即佛陀之异译。佛教为佛所创,人因称佛教徒为浮屠。

刘先生一日以布衣走京师，上其文侍郎。侍郎告人曰：'如方某何足算耶！邑子刘生，乃国士尔。'闻者始骇不信，久乃渐知先生。"今侍郎没而先生之文果益贵。然先生穷居江上，无侍郎之名位交游，不足掖起世之英少。独闭户伏首几案，年八十矣，聪明犹强，著述不辍，有卫武《懿》诗之志[1]，斯世之异人也已！

鼐之幼也，尝侍先生，奇其状貌言笑，退辄仿效以为戏。及长，受经学于伯父编修君[2]，学文于先生。游宦三十年而归，伯父前卒，不得复见。往日父执往来者皆尽，而犹得数见先生于枞阳[3]。先生亦喜其来，足疾未平，扶曳出与论文，每穷半夜。今五月望，邑人以先生生日为之寿。鼐适在扬州，思念先生，书是以寄先生，又使乡之后进者闻而劝也。

---

[1] 周卫武公耄年勤奋，尝作《懿戒》以自儆。"懿"读为"抑"，即《诗经·大雅·抑》篇。
[2] 鼐伯父范，字南青，号姜坞，乾隆进士，曾授职编修。
[3] 枞阳，县名，在安徽桐城市东南。

方姚文

朱竹君先生家传

朱竹君先生名筠，大兴人①，字美叔，又字竹君，与其弟石君珪，少皆以能文有名。先生中乾隆十九年进士，授编修②，进至日讲起居注官③、翰林院侍读学士④，督安徽学政，以过降级，复为编修。先生初为诸城刘正公⑤所知，以为疏俊奇士。及在安徽，会上下诏求遗书。先生奏言翰林院贮有《永乐大典》⑥，内多有古书世未见者，请开局使寻阅，且言搜辑之道甚备。时文正在军机处，顾不喜，谓非政之要而徒为烦，欲议寝之，而金坛

---

① 大兴，旧为顺天府治，即今北京市大兴区。
② 编修，掌修国史，属翰林院。
③ 日讲起居注官，史职，清以翰林兼之。
④ 翰林院，官署名，掌秘书著作之职。侍读学士，内阁翰林院皆有之，此则属于翰林院者。
⑤ 诸城，即今山东诸城市。刘正公，名统勋，字延清，号尔纯，康熙进士，累官东阁大学士。
⑥ 明成祖永乐元年，敕解缙、姚广孝等类聚经、史、子、集、天文、地志、阴阳、医卜、僧道、技艺之言为一书，用韵字编之，凡二万二千八百七十七卷，为一万一千九百九十五册，名为《永乐大典》；后多散亡，今只存四百余册矣。

于文襄公^①独善先生奏，与文正固争执，卒用先生说上之。四库全书馆^②，自是启矣。先生入京师，居馆中纂修《日下旧闻》^③。未几，文正卒，文襄总裁馆事，尤重先生。先生顾不造谒，又时以持馆中事与意迕，文襄大憾。一日见上，语及先生。上遽称许朱筠学问文章殊过人，文襄默不得发，先生以是获安。其后督福建学政，逾年，上使其弟珪代之，归数月，遂卒。

先生为人，内友于兄弟，而外好交游。称述人善，惟恐不至，即有过，辄覆掩之，后进之士，多因以得名。室中自晨至夕，未尝无客，与客饮酒谈笑穷日夜，而博学强识不衰，时于其间属文。其文才气奇纵，于义理、事物情态无不备，所欲言者无不尽，尤喜小学。为学政时，遇诸生贤者，与言论

---

① 金坛，今江苏常州市金坛区。于文襄，名敏中，康熙进士，累官文华殿大学士。
② 乾隆三十七年，开四库全书馆，征求天下书籍，统计十六万八千余册。
③ 《日下旧闻》，清朱彝尊撰，搜辑故书，及金石文字之关于燕京者千六百余种，分十三门，都四十二卷。乾隆时，高宗复命词臣编增为十五门，都一百六十卷。

若同辈,劝人为学先识字,语意谆勤,去而人爱思之。所欲著书皆未就,有诗文集合若干卷。

姚鼐曰:余始识竹君先生,因昌平陈伯思[①],是时皆年二十余,相聚慷慨论事,摩厉讲学,其志诚伟矣,岂第欲为文士已哉!先生与伯思皆高才耽酒,伯思中年致酒疾,不能极其才。先生以文名海内,豪逸过伯思,而伯思持论稍中焉。先生暮年,宾客转盛,入其门者,皆与交密,然亦劳矣。余南归数年,闻伯思亦衰病,而先生殁年才逾五十,惜哉!当其使安徽、福建,每携宾客饮酒赋诗,游山水,幽险皆至。余间至山中崖谷,辄遇先生题名,为想见之焉。

张逸园家传

张逸园君者,讳若瀛,字印沙。曾祖兵部尚书[②],讳秉贞。祖讳茂稷,考讳廷瑅[③],皆赠左都御

---

① 昌平,清代属顺天府,今为北京市辖区。陈伯思,未详。
② 清时,朝官有吏、户、礼、兵、刑、工六部。兵部尚书,兵部之长,掌中外武职,铨选简核之政,与各部尚书皆为从一品官。
③ 瑅,dì,玉名。

史①。廷珸三子，长若湤，仕至左都御史，而君其季也。都御史为人端凝朴慎，而君慷慨强果，自其兄弟少时，里人皆异之矣。

君始以诸生为书馆誊录②，叙劳授主簿③，借补热河巡检④。热河今为承德府，君仕时未设府、县，以巡检统地逾百里，岁为天子巡驻之所，四方民汇居其间，君以严能治办，奸蠹屏除。留守内监为僧者曰于文焕⑤，君一日行道，见其横肆，立呼至杖之。于是热河内府总管⑥怒，奏君擅杖近御，直隶总督亦劾君。上闻之，顾喜君强毅，不之罪，而以劾君者为非。其后为良乡⑦知县、顺天府南路同知⑧。有

---

① 赠，以子贵而封赠。左都御史，都察院之长官，统辖诸御史。
② 诸生，谓生员。誊录，抄写之员，清时实录等馆均有之，期满序劳，得为实官。
③ 主簿，牧令之佐吏。
④ 热河，地名，清初，置厅，后升承德府，辖区分布在现在内蒙古自治区、河北省、辽宁省。巡检，县令之属官。
⑤ 于文焕，或作于荣焕，倚恃内监，戏侮街市，张为巡检，按法惩治。
⑥ 内府总管，清代有总管太监，热河为出巡驻所，故设内府太监。
⑦ 良乡，旧县名，秦代始置，今为良乡镇，属北京市房山区。
⑧ 同知，府州之属官。

旗民张达祖,居首辅傅忠勇公①门下,始有地数百顷,卖之民矣,久而地值数倍,达祖以故值取赎构讼。经数官,不敢为民直。君至,傅忠勇颇使人示意君也;君告之以义,必不可,卒以田归民。畿南多回民,久聚为窃盗,不可胜诘。君多布耳目,得其巨魁,或亲捕之,凡半年获盗百余。盗畏之甚,乃使一回民伪来首云:"有某人至其家,巨盗也。"及捕之至,即自首:"某案己所为盗,有赃在京师礼拜寺。"君使兵役偕之至礼拜寺,则反与哄斗。至刑部讯,以某案事与此人无与,以君为诬良,议当革职。既而上见君名,疑部议不当,召君,令军机处②覆问,减君罪,发甘肃以知县用。是时上意颇向君,然卒降黜者,大臣固不助君也。

在甘肃二年,尝为张掖③复营兵所夺民渠水利。又以张掖黑河④道屡迁,所过之田,为沙砾数百顷,

---

① 傅忠勇公,即傅恒,姓富察氏,字春如,满洲镶黄旗人,封一等忠勇公。
② 军机处,见《南园诗存序》注。
③ 张掖,即今甘肃省张掖市甘州区。
④ 黑河,即甘肃之额济纳河,亦曰张掖河。

而岁输粮草未除,力请于总督奏除之。时甘肃官相习伪为灾荒请赈,而实侵入其财,自上吏皆以为当然,君独不肯为。其后为者皆败,于是世益推君。君引疾去甘肃,里居数年,会兄都御史已进用,上数顾询君状。君乃复出,补直隶抚宁①知县,其勤干如昔,然君年已六十余矣。以子鸿恩为兵部郎中②,受封朝议大夫③,例不为知县,遂去归里。又数年,卒。君居里为园,时游之,名之曰逸园,言己不得尽力为国劳而苟逸也,故人以逸园称君。

姚鼐曰:余家与君世姻好,君为丈人行④。所谓逸园者,负城西山面郊,余先世亦园址也。君数饮余于是,自述平生为吏事,奋髭抵掌,气勃然。诚充其志,所就可量哉!君在里建毓秀书院,为族人设艺局以养贫者。亲姻婚丧急难,每赖其施以济。君亡久矣,人方思之不能忘也。然余尤伟君杖内监僧及不为傅忠勇曲论民田事,为有古人刚毅之风,

---

① 抚宁,即今河北省秦皇岛市抚宁区。
② 郎中,各部诸司之长。
③ 朝议大夫,从四品文阶。
④ 丈人行,辈行之长者。

故为著传。君能著于世矣！才节遇知天子，而仕抑屈于县令，惜哉！命为之耶？抑古之道终不合于今乎？君长子鸿肇，为户部员外郎①，先卒。次鸿恩为福建延平府②知府。次鸿磐。

仪郑堂记

六艺③自周时，儒者有说：孔子作《易传》④，左邱明传《春秋》⑤，子夏传《礼·丧服》。《礼》后有《记》，儒者颇裒⑥取其文，其后《礼》或亡而《记》存，又杂以诸子所著书⑦，是为《礼记》；《诗》《书》皆口说，然《尔雅》亦其传之流也。

当孔子时，弟子善言德行者固无几，而明于文

---

① 员外郎，位郎中之次。
② 延平府，今废，其旧治在今福建省南平市。
③ 六艺，即六经，《诗》《易》《书》《礼》《春秋》《乐》。
④ 易传，孔子赞《易》之文，上象、下象、上象、下象、上系、下系、文言、说卦、序卦、杂卦，谓之十翼。
⑤ 春秋，本鲁史记名，孔子删定之，鲁人左丘明为之传，即今《左传》。
⑥ 裒，聚集。
⑦ 《礼记》中如《月令》本为《吕览》文，即为杂取诸子所著书之证。

章制度者,其徒犹多。及遭秦焚书,汉始收辑,文章制度,举疑莫能明;然而儒者说之,不可以已也。汉儒家别派分①,各为专门,及其末造,郑君康成②总集其全,综贯绳合,负闳洽之才,通群经之滞义,虽时有拘牵附会,然大体精密,出汉经师之上。又多存旧说,不掩前长,不覆己短。观郑君之辞以推其志,岂非君子之徒笃于慕圣,有孔氏之遗风者与?郑君起青州③,弟子传其学既大著;迄魏王肃,驳难郑义,④欲争其名,伪作古书,曲传私说,学者由是习为轻薄。流至南北朝,世乱而学益坏。自郑、王异术,而风俗人心之厚薄以分。嗟夫!世之说经者,不蕲明圣学诏天下,而顾欲为己名,其必王肃之徒者与?

---

① 汉儒说经,《易》有十三家,《书》九家,《诗》六家,《礼》十三家,《乐》六家,《春秋》二十三家。
② 郑康成,名玄,东汉高密人,为经学大家。
③ 青州,古九州之一,今山东及辽宁皆有地属之。
④ 王肃,字子雍,魏东海人。善贾逵、马融之学,不好郑氏,采会同异,为《尚书》《诗》《论语》《礼》《左氏传》之解,又撰其父朗所作之《易解》,皆列于学官,《孔子家语》,亦肃所伪托。南北朝学者,大半宗王屏郑。

曲阜孔君㧞约①，博学工为词章，天下方诵②以为善。㧞约顾不自足，作堂于其居，名之曰仪郑，自庶几于康成，遗书告余为之记。㧞约之志，可谓善矣！昔者圣门颜、闵无书，有书传者或无名，盖古学者为己而已③。以㧞约之才，志学不怠，又智足知古人之善，不将去其华而取其实，扩其道而涵其艺，究其业而遗其名，岂特词章无足矜哉，虽说经精善犹末也。以孔子之裔，传孔子之学，世之望于㧞约者益远矣。虽古有贤如康成者，吾谓其犹未足以限吾㧞约也。乾隆四十九年春二月，桐城姚鼐记。

登泰山记④

泰山之阳⑤，汶水西流⑥；其阴⑦，济水东流⑧。阳

---

① 曲阜，在山东，㧞约为孔子六十七世孙。
② 诵，称说。
③ 《论语》："古之学者为己，今之学者为人。"
④ 泰山，古称五岳之一，为东岳，亦曰岱宗，在今山东泰安市北，周围百六十里，高四十余里。
⑤ 山南为阳。
⑥ 汶水，即山东大汶河，为运河上源，出莱芜市东北原山。
⑦ 山北为阴。
⑧ 济水，亦称沇水，源出河南王屋山，东流至山东。

谷皆入汶，阴谷皆入济。当其南北分者，古长城也。① 最高日观峰②，在长城南十五里。余以乾隆三十九年十二月，自京师乘风雪，历齐河、长清③，穿泰山西北谷，越长城之限，至于泰安④。是月丁未，与知府朱孝纯子颖⑤由南麓登四十五里，道皆砌石为磴⑥，其级七千有余。泰山正南面有三谷，中谷绕泰安城下，郦道元所谓环水也⑦，余始循以入，道少半，越中岭，复循西谷，遂至其巅。古时登山循东谷入，道有天门。东谷者，古谓之天门溪水，余所不至也。今所经中岭及山巅崖限当道者，世皆谓之天门云。道中迷雾冰滑，磴几不可登。及既上，苍山负雪，明烛天南。望晚日照城郭，汶水、

---

① 山东之长城，沿河因泰山而筑，长千余里，在肥城市西北，非万里长城。
② 泰山东南山顶名日观峰，为泰山结顶诸峰之一。
③ 齐河，县名；长清，区名。皆在山东。
④ 泰安，清时府名，今为泰安市。
⑤ 朱孝纯，字子颖，号海愚，历城人，乾隆进士，累官两淮盐运使，能画，诗力雄放，萧推重之。
⑥ 磴，dèng，山岩之石路。
⑦ 郦道元，字善长，北魏时人，好学，所著以《水经注》为最名。《水经注》谓环水出泰山南溪，东流注于汶。

徂徕①如画，而半山居雾若带然。

戊申，晦，五鼓，与子颖坐日观亭待日出，大风扬积雪击面。亭东自足下皆云漫，稍见云中白若摴蒱②数十立者，山也。极天云一线异色，须臾成五采。日上，正赤如丹，下有红光动摇承之。或曰："此东海也。"回视日观以西峰，或得日，或否，绛皓③驳色，而皆若偻④。亭西有岱祠⑤，又有碧霞元君祠⑥，皇帝行宫⑦在碧霞元君祠东。是日观道中石刻，自唐显庆⑧以来，其远古刻尽漫失，僻不当道者，皆不及往。

山多石少土，石苍黑色，多平方，少圜。少杂

---

① 徂徕，山名，在今泰安市东南四十里。
② 摴蒱，绫文，山东有大文绫，又名摴蒱绫。北齐祖　尝以此绫为赌，故后名赌戏为摴蒱。
③ 绛，赤色。皓，白色。
④ 偻，lǚ，俯身。
⑤ 岱祠，即岳庙，祀东岳神。
⑥ 碧霞元君，古谓东岳大帝女，宋真宗命建祠奉之，封天仙玉女碧霞元君。
⑦ 行宫，古时君主出行，中途栖息之所。此指清高宗行宫，故冠皇帝二字。
⑧ 显庆，唐高宗年号。

树，多松，生石罅①，皆平顶。冰雪，无瀑水，无鸟兽音迹。至日观数里内无树，而雪与人膝齐。桐城姚鼐记。

游灵岩记

泰山北多巨岩，而灵岩最著，余以乾隆四十年正月四日，自泰安来观之。其状如垒石为城墉②，高千余雉③，周若环而缺其南面。南则重嶂④蔽之，重溪络之。自岩至溪，地有尺寸平者，皆种柏，翳高塞深。灵岩寺在柏中，积雪林下，初日澄彻，寒光动寺壁。寺后凿岩为龛，以居佛像，度其高当岩之十九，峭不可上，横出斜援乃登。登则周望万山，殊骛而诡趣，帷张而军行。岩尻⑤有泉，皇帝来巡⑥，名之曰甘露之泉。僧出器酌以饮余。回视寺

---

① 罅，xià，裂缝。
② 墉，小城。
③ 长三丈高一丈为雉。
④ 嶂，山如屏者。
⑤ 尻，kāo，脊骨尽处。岩尻，谓岩尽处。
⑥ 皇帝，指高宗，高宗曾幸此。

左右立石，多宋以来人刻字，有墁①入壁内者，又有取石为砌者，砌上有字曰"政和"②云。

余初与朱子颖约来灵岩，值子颖有公事，乃俾泰安人聂剑光偕余。聂君指岩之北谷，溯以东，越一岭，则入于琨瑞之山。盖灵岩谷水西流，合中川水入济，琨瑞山水西北流入济，皆泰山之北谷也。世言佛图澄③之弟子竺僧朗，居于琨瑞山，而时为人说其法于灵岩，故琨瑞之谷曰朗公谷④，而灵岩有朗公石焉。当苻坚⑤之世，竺僧朗在琨瑞大起殿舍，楼阁甚壮。其后颓废至尽，而灵岩自宋以来，观宇益兴。灵岩在长清县东七十里，西近大路，来游者日众。然至琨瑞山，其岩谷幽邃乃益奇也，余不及往，书以告子颖。子颖他日之来也，循泰山西麓，观乎灵岩，北至历城⑥，复溯朗公谷东南，以抵东长城岭下，缘泰山东麓，以反乎泰安，则山之四面尽

---

① 墁，màn，墙壁之饰。
② 政和，宋徽宗年号。
③ 佛图澄，晋时天竺之僧，少学道，通玄术。
④ 朗公谷，旧名琨瑞溪，竺僧朗隐于此。
⑤ 苻坚，晋时前秦主。
⑥ 历城，今山东省济南市历城区。

矣。张峡^①夜宿，姚鼐记。

方正学祠重修建记^②

天地无终穷也，人生其间，视之犹须臾耳；虽国家存亡，终始数百年，其逾于须臾无几也。而道德仁义、忠孝名节，凡人所以为人者，则贯天地而无终敝，故不得以彼暂夺此之常。昔明惠宗③之为君，成祖④为臣，自下逆上，篡取其位。当时忠义之士，抗死不顾，而方正学先生之事尤烈，此贯天地不敝之道也。天道是非之理，间不与祸福相附，楚商臣、匈奴冒顿⑤，皆身享大逆之所取，而传之子孙。当其造逆之日，亦安知无仗节死难之臣于其间？而古记或略而不传。要之忠义之气自合乎天

---

① 张峡，未详。
② 方正学，名孝孺，字希直，一字希古，明宁海人，工文章，辟异端，名书室曰"正学"，建文时，为侍讲学士。燕王入南京，即帝位，令草诏，不从，被杀，夷十族。
③ 惠宗，即建文帝，名允炆，明太祖之孙。
④ 成祖，即燕王，名棣，太祖第四子。
⑤ 楚商臣，春秋楚成王子，弑父自立，事见《左传·文公元年》。冒顿，mò dú，汉初匈奴主，射杀其父以夺位。

地,士固不必以名传也,而靖难之事①,于今为近。正学先生本儒者之统,成杀身之仁,虽其心不必后世之我知,而后人每读其传,尤为慷慨悲泣而不能自已。成祖天子之富贵随乎飘风,正学一家之忠孝光乎日月,此岂非人心之上通乎天地者哉!

明万历②时,南京士大夫始建正学祠于其墓前③,至国朝数经修饬,今祠宇又已久敝矣。江宁巡道④历城方公昂,其先金华⑤人,正学之族子也。来谒祠下,因亟修治其漏坏,又增建前后之屋各四楹,旁屋三楹,以便守者之居而壮祠之观。岁月久远,或更有视其敝、感正学之谊而来修者,公乃请余为记以待之。嘉庆二年秋七月,桐城姚鼐记。

---

① 靖难之事,惠宗用齐泰、黄子澄之谋,削诸藩,燕王内不自安,遂指齐、黄为奸人,请入清君侧,名其兵为靖难,南京陷,惠宗不知所终。
② 万历,明神宗年号。
③ 祠在江宁聚宝门外山上。
④ 清设分巡兵备道,简称巡道。
⑤ 金华,清府名,属浙江,今为金华市。

姚鼐文

祭张少詹曾敞文①

呜呼！昔君始降，宵中营室②。鼐生逮君，后五十日。君长而才，鹏扬骥骛。鼐也无能，伏寻章句。十年二之③，偕闻鹿鸣④。风雪载途，共以车征。龟⑤坼其肤，搴辟帷軨⑥。笑我拥袖，懦妇稚婴。省试⑦罢归，独君登第。送我西埔，援衣出涕。

君为禁臣，彪胸烂手⑧。裁觚⑨朝脱，暮诵士口。鼐走南北，五踬一升⑩。来则授榻，行为检縢⑪。荒园废寺，挈携交朋。畸客穷士，受礼不能。狂歌踞骂，

---

① 张曾敞，字垲似，桐城人。少詹，官名，即少詹事，掌东宫内外庶务。
② 营室，星名，在二十八宿中，阴历十月夜，于南方正中见之。
③ 言十年中两次应举。
④ 科举时乡试揭晓之翼日，宴主考、同考、执事各官及乡贡士，曰鹿鸣宴。唐时宴乡贡，用少牢，歌《鹿鸣》之章，故有此称。此言同举举人。
⑤ 龟，jūn，天旱田裂曰龟坼，此言皮肤冻裂。
⑥ 搴，qiān，撩起。軨，车阑。
⑦ 省试，即会试。
⑧ 言造意伟而文章丽。
⑨ 觚，简策之类，古人以书文字。
⑩ 此言仕进之滞。
⑪ 縢，行縢，如今之缠腿。

酒悲沾膺。人或骇厌，君恬不憎。鼐不能饮，君每代举。同车出入，相从坐处。奖善救过，或喜或頩①。呜呼君往，而孰余成！

士气之卑，言甘貌顺。君企古人，欲以义振。两试翰林，辞成拔俊。遂至詹事，益持孤峻。众所顾畏，索刺瘢疵②。诏衡贡士，有当无私。勇于知耻，怯于贿赀。交谗去官，大快群欺。

自是与君，别居南朔。在岁壬辰，来儳③去邈。念君魁梧，面丹有渥④。终接檐甍⑤，晨宵商榷。鼐始告归，君在大梁⑥。靳世大用，为师一方。正月十二，作书示我。暮已告疾，晨琴彻左⑦。凶问远承，将信终叵⑧。手执君书，情密辞夥。天道祐善，芴⑨不可论。既荣独余，又夺所亲。强盛先陨，弱

---

① 頩，pīng，盛气貌。
② 瘢，bān，疮痕。疵，cī，过错，错误。
③ 儳，chán，迅疾。
④ 面丹有渥，色赤而润，《诗经·秦风·终南》："颜如渥丹。"
⑤ 甍，méng，屋栋。
⑥ 大梁，在河南。
⑦ 有疾病者，斋撤琴瑟，古之礼。
⑧ 叵，pǒ，怀疑之意。
⑨ 芴，hū，通"忽"，渺茫之意。

宁久存？鼐在扬州，君柩归里。不牵其绋①，不抚其子。写辞可穷，有悲曷已！尚飨！

祭朱竹君学士文②

呜呼！海内万士，于中有君。其气超然，不可辈群。余始畏焉，曰师非友。辱君下交，以为吾偶。自处京师，君日从语。执拒相诤，卒承谐许。③或岁或月，以事间之。清辞酒态，靡不可思。余与君诀④，乙未之春。有言握手，期我古人。

君之属文，如江河汇。不择所流，荡无外内。⑤猋⑥怒涛惊，复于恬靡⑦。小沚澄潭⑧，亦可以喜。

世皆知君，文士之硕⑨。莫见君心，坚如金石。

---

① 绋，引棺索。
② 参阅前《朱竹君先生家传》。
③ 言议论之际，虽各持一见，固执拒抵而相争，终谐合而见许。
④ 诀，分别。
⑤ 言其取材广博。
⑥ 猋，biāo，暴风从上而下。
⑦ 恬靡，恬，安静；靡，相随顺之意。言其豪放后复归恬静。
⑧ 沚，小渚。澄潭，犹清潭。此言其小品文字。
⑨ 硕，大。犹言大文学家。

不可势趋,不可利眯①。吃口涩辞②,遇义大启。

呜呼今日,士气之衰。天留一人,庶卒振之。七年江滨,日思君面。已矣及今,终不可见。呜呼!尚飨!

宋双忠祠碑文

东海朱使君③受命领两淮盐运使④之次年,谒于江都城北宋制置使李公、副都统姜公祠下⑤。乃进士民告之曰:"当宋之季,自荆、襄⑥而下,城隳师歼,降死相继。伯颜⑦之军,南取临安⑧;阿术⑨之

---

① 眯,mí,物入目中,此为迷惑之意。
② 吃口,口吃而言艰,《史记·老子韩非列传》:"非为人口吃,不能道说,而善著书。"涩辞,辞不顺利。
③ 朱使君,即朱孝纯,见前。
④ 两淮盐运使,驻扬州,总理淮南北盐政之长官。
⑤ 制置使,唐官,宋因之,管辖数路军务,如明、清总督。李公,名庭芝,字祥甫,主管两淮制置使,守扬州,元兵至而围之,招令降,皆不应。后庭芝他往,裨将以城降元,庭芝旋被执,遇害。副都统,为都统制之副,都统制掌征伐,非定职。姜公,名才,善战,为通州副都统,屡败元兵。宋亡,元使人招降,才不应,后以病不能战,被执,不屈死。
⑥ 荆、襄,荆州、襄阳,地皆在今湖北。
⑦ 伯颜,元丞相名。
⑧ 临安,南宋都城,今浙江杭州市辖区。
⑨ 阿术,亦元相。

姚鼐文

军,北围扬州。时惟二公,忠义坚固,竭力合众,以守兹城。临安既下,帝、后皆入于元。[①]孤城势不可终全,二公卒不肯降屈其志,再却谢后之书,斩元使,焚其诏,[②]以绝他虑,明身必死国家之难。昔蜀汉霍弋、罗宪据郡不降魏,及审知后主内附,然后释兵归命。[③]世犹憨其所处,以为弋、宪欲守而无所向,异于君在怀有二心者也。若二公当国破主降之后,效节于空位,致命不迁,卒成其义概,可以壮烈士之气而激懦夫之衷者,以视弋、宪何如哉?今天子褒礼忠节,虽亲与圣朝为敌难而殒者,皆隆崇谥号,俾吏秩祀。矧宋二公立身甚伟,而旧祠陊[④]坏,岁久不修。其于朝廷奖忠尊贤之典,守吏

---

① 临安既下,宋帝㬎及后妃皆被掳。
② 谢后,宋理宗后,帝㬎时为太皇太后,元灭宋,以之北去,降封寿春郡夫人。元尝两以谢后诏谕庭芝降,庭芝皆不答。阿术又遣使持元世祖手诏招之,庭芝斩其使,焚书陴上。
③ 霍弋,字绍先,仕后主为建宁太守、安南将军,领南郡事。魏军至,成都不守,弋素服号哭,大临三日,诸将劝降,弋不听,后闻后主安全,乃降。罗宪,字令则,仕蜀汉为太子舍人,后守永安。后主降魏,乃率所统临都亭三日,屡遭吴伐,拒守经年,泰始初入晋。
④ 陊,duò,毁坏。

以道导民之谊，甚不足以称。吾将率先饬而新之。"众皆曰："愿尽力！"

乾隆四十二年六月，既竣工，桐城姚鼐为之铭。辞曰：

元雄北方，既脱金距[1]。瞰[2]视江淮，婴儿稚女。谁固人心，奉彼弱主？力或不支，有气可鼓。二公堂堂，孤城在疆。国泯众迁，谊不辱身。死为社稷，生岂随君。既得死所，安于床茵[3]。烈士搏膺[4]，市人流涕。同庙扬州，以享以祭。五百斯年，其报匪懈。新堂炯炯[5]，有翼[6]其外。神陟[7]在天，明曜刚大。思蠲[8]厥心，来庭来对[9]。

---

[1] 金距，春秋时，鲁季氏介其鸡，郈氏为之金距，此喻元为金属，今已灭金。
[2] 瞰，kàn，俯视。
[3] 茵，褥席之通称。
[4] 搏膺，拍胸，悲愤之状。
[5] 炯炯，光亮貌，状其轮奂。
[6] 翼，辅助，张开。翼其外，谓如翼之分张其外。
[7] 陟，登也，升也。
[8] 蠲，juān，清洁。
[9] 来庭来对，犹言来兹庙庭，展对神灵。

姚鼐文

袁随园君墓志铭①

君钱塘袁氏,讳枚,字子才。其仕在官,有名绩矣。解官后,作园江宁西城居之,曰随园,世称随园先生,乃尤著云。祖讳锜,考讳滨,叔父鸿,皆以贫游幕四方。君之少也,为学自成。年二十一,自钱塘至广西,省叔父于巡抚幕中。巡抚金公鉷②一见异之,试以《铜鼓赋》③,立就,甚瑰丽④。会开博学鸿词科⑤,即举君。时举二百余人,惟

---

① 随园,在江宁小仓山,本隋氏之园,枚得之,始改名随园。依林麓高下以为亭池台榭,曲折深幽,愈转愈胜,一水一石,皆具千岩万壑之奇,中如小栖霞、蔚蓝天、香雪海、牡丹岩、鸳鸯亭等,尤有名。
② 鉷,hóng,金鉷,字震方,一字德山,其先登州人,后转至辽阳为辽阳人,平西隆州八达寨苗,官广昌知县,累迁至广西巡抚卒。
③ 铜鼓,古蛮人所用,南边土中时有掘得者,如坐墩而空其下,满鼓皆细花纹,四角有小蟾蜍,两人舁行,拊之,声似鞞鼓。后汉马援于交趾,亦得骆越铜鼓。
④ 瑰,珍奇。丽,美好。
⑤ 博学鸿词,制科名,所以考拔淹通能文之士,唐时即有之,不常举,清康熙、乾隆间,曾两举之。

君最少,及试,报罢。中乾隆戊午科顺天乡试①,次年成进士②,改庶吉士③。散馆,又改发江南为知县,最后调江宁知县④。江宁故巨邑,难治。时尹文端公⑤为总督,最知君才,君亦遇事尽其能,无所回避,事无不举矣。既而去职家居,再起发陕西,甫及陕,遭父丧归,终居江宁。

君本以文章入翰林有声,而忽摈外;及为知县著才矣,而仕卒不进。自陕归,年甫四十,遂绝意仕宦,尽其才以为文辞歌诗,足迹造东南山水佳处

---

① 乾隆戊午,高宗三年。顺天,清府,即今北京市。乡试,由生员应试,其经主考取中者,曰举人,得应会试。各省乡试,皆有界限,惟顺天则他省人由贡监出身者,皆可应试。
② 由举人应试经总裁取中者,曰贡士,得应殿试。由贡士应殿试及第者,有一甲、二甲、三甲之分,一甲三名,赐进士及第,余二甲若干人,赐进士出身,三甲共若干人,赐同进士出身。
③ 集二甲、三甲之贡士更使大臣考试,取定等级,而复奏者,曰朝考。二甲以下之朝考前列者,授翰林院庶吉士,其次六部主事,其次内阁中书,又其次即用知县。
④ 清制,翰林院庶吉士读书三年期满,举行散馆考试,谓期满散馆而考试之。试后仍留翰林院授编修等职者,谓之留馆,其次改用知县等官有差。枚以未娴清字,散馆改发知县,初试溧水,调江浦沭阳,再调江宁。
⑤ 尹文端公,名继善,字元长,晚自号望山,满洲镶黄旗人。尹为枚座师,师弟之情最洽。

皆遍①,其瑰奇幽邈,一发于文章,以自喜其意。四方士至江南,必造随园,投诗文几无虚日。君园馆花竹水石,幽深静丽,至棂槛器具皆精好,所以待宾客者甚盛。与人留连不倦,见人善,称之不容口。后进少年,诗文一言之美,君必能举其词,为人诵焉。君古文、四六体②,皆能自发其思,通乎古法。于为诗尤纵才力所至,世人心所欲出不能达者,悉为达之。士多效其体,故《随园诗文集》③,上自朝廷公卿,下至市井负贩,皆知贵重之。海外琉球④,有来求其书者。君仕虽不显,而世谓百余年来,极山林之乐,获文章之名,盖未有及君也。

君始出试为溧水⑤令。其考自远来县治,疑子年少无吏能,试匿名访诸野,皆曰:"吾邑有年少袁知县,乃大好官也。"考乃喜,入官舍。在江宁,

---

① 天台、雁宕、桂林等名胜,枚均有游迹诗以纪事。
② 四六体,即骈俪文。
③ 枚著有《小仓山房文集》三十五卷,骈体六卷,为外集,诗集三十七卷,补遗二卷。
④ 琉球,在日本南,台湾之东北,明以后始通中国,受册封,清光绪初,日本废其国王,改其地为冲绳县。
⑤ 溧水,旧县名,即今南京市溧水区。

尝朝治事，夜召士饮酒赋诗，而尤多名迹。江宁市中，以所判事作歌曲，刻行四方。君以为不足道，后绝不欲人述其吏治云。

君卒于嘉庆二年十一月十七日，年八十二。夫人王氏无子，抚从父弟树①子通为子。既而侧室钟氏又生子迟。孙二：曰初，曰禧。始君葬父母于所居小仓山②北，遗命以己祔③。嘉庆三年十二月乙卯，祔葬小仓山墓左。桐城姚鼐，以君与先世有交，而鼐居江宁，从君游最久。君殁，遂为之铭曰：

粤有耆庞④，才博以丰。出不可穷，匪雕而工。文士是宗，名越海邦。蔼如其冲⑤，其产越中⑥。载官倚江⑦，以老以终。两世阡同⑧，铭是幽宫⑨。

---

① 树，字乡亭。
② 小仓山，在今江苏省南京市江宁区之北。
③ 合葬曰祔，今谓子孙葬于先茔者曰祔葬。
④ 粤，发语辞。耆，老。庞，大。
⑤ 冲，谦和。
⑥ 越中，谓浙江省。
⑦ 倚江，谓缘江，枚历官所至皆滨江，故云。
⑧ 阡，墓道。
⑨ 幽，宫墓。

姚鼐文

博山知县武君墓表①

乾隆五十七年，当和珅秉政②，兼步军统领③，遣提督番役④至山东，有所调察⑤。其役携徒众，持兵刃，于民间陵虐为暴，历数县，莫敢何问。至青州⑥博山县，方饮博恣肆，知县武君闻，即捕之。至庭不跪，以牌示知县，曰："吾提督差也。"君诘曰："牌令汝合地方官捕盗，汝来三日，何不见吾？且牌止差二人，而率多徒，何也？"即擒而杖之，民皆为快，而大吏大骇，即以杖提督差役参奏，副奏投和珅⑦。而番役例不当出京城，和珅还其奏使易，于是以妄杖平民劾⑧革武君职。博山民老弱谒大府留君者千数，卒不获，然和珅遂亦不使番

---

① 博山，清属青州府，即今山东省淄博市博山区。
② 和珅事见《南园诗存序》注。
③ 步军统领，掌京城内外门禁，统率八旗步军五营，又称九门提督。
④ 番役，捕役。
⑤ 调察，刺探。
⑥ 青州，府名，今山东潍坊青州市。
⑦ 时和珅专权，奏事者必备副本与珅，谓之副奏。
⑧ 劾，hé，奏人罪状。

役再出。当时苟无武君阻之,其役再历数府县,为害未知所极也。武君虽一令,而功固及天下矣!

君讳亿,字虚谷,偃师①人,乾隆四十五年进士。其任博山县及去官才七月,而多善政,民以其去流涕。君自是居贫,常于他县主书院②,读经史,考证金石文③,多精论明义,著书数百卷④。今皇帝在藩邸⑤闻君名,及亲政,召君将用之,而君先卒矣!

君卒以嘉庆四年十月二十九日,年五十五。余与君未及识,第闻其行事,读所著述。今遇君子穆淳于江宁,为文使归揭诸墓上。君行足称者犹多,而非关天下利害,兹不著。嘉庆十八年二月,桐城姚鼐表。

---

① 偃师,即今河南偃师市。
② 书院,所以集文学之士,主者评定其学之高下,分别奖助焉。
③ 金谓钟鼎之属,石谓碑碣之属,皆古文字之可资参订者,清时此学甚盛,长于此者称专家。
④ 武著有《经读考异》《群经义证》《金石跋》《读史金石集目》《钱谱》《授经堂诗文集》。
⑤ 今皇帝,指嘉庆仁宗。藩邸,藩王之邸第,谓仁宗尚未为帝时。

图书在版编目（CIP）数据

方姚文 / 庄适，赵震选注；李润生校订. —北京：商务印书馆，2022

（学生国学丛书新编 / 王宁主编）

ISBN 978-7-100-21309-7

Ⅰ.①方… Ⅱ.①庄… ②赵… ③李… Ⅲ.①古典散文—散文集—中国—清代 Ⅳ.① I264.9

中国版本图书馆 CIP 数据核字（2022）第 107579 号

权利保留，侵权必究。

学生国学丛书新编
方姚文
庄　适　赵　震　选注
李润生　校订

商 务 印 书 馆 出 版
（北京王府井大街36号　邮政编码100710）
商 务 印 书 馆 发 行
北京市十月印刷有限公司印刷
ISBN 978 - 7 - 100 - 21309 - 7

2022年9月第1版	开本 787×1092　1/32	
2022年9月北京第1次印刷	印张 5⅛	

定价：39.00元